マドンナメイト文庫

上流淑女 淫虐のマゾ堕ち調教

佐伯香也子

目次

contents

上流淑女 淫虐のマゾ堕ち調教

第一章　女社長の誘惑

八月も半ばを過ぎて、東京の暑さもだいぶやわらいできていた。元は武家の下屋敷だった服部《はっとり》家の庭にも、いくらか涼しい風が吹き込んできている。

先月末に明治天皇が崩御し、「大正」と年号が変わった。銀行家である服部功成《いさなり》のもとへは、今日も変わらずに来客があり、門の内に哀悼の気配はない。

書生として住み込んでいる両角謙三《もろずみけんぞう》も、三田の慶應義塾大学から午後に戻って、忙しく玄関番を務めていた。

茨城の中学を卒業後に上京し、足掛け六年になる。特に美男子というわけではないが、長身で、真っ直ぐな鼻梁の横顔に品がある。切れ長な一重の眼には、都会に懐柔されない野性の光があった。

実家は代々水戸藩の下級武士だった。長男に生まれればわずかばかりの家督を継ぐことになるが、それ以外の男子は自立しなければならない。三男だった謙三は早くから上京する意思を固めていた。

慶應義塾を選んだのは、白金にある同郷の服部家に、書生として住み込むことが決まっていたからだ。三田なら歩いて通える。

大学の講義は面白く、図書館には洋書もあることから、英語とドイツ語をものにして読み耽った。

遊びのほうは、先輩に誘われてひととおり経験してみたが、のめり込むほどのものはない。金もないことから、今はたまの休みに寄席へ行って落語を聴くくらいだ。

長身で目立つため、女学生から恋文をもらうこともあったが、女と付き合うことが面倒で、いい返事をしたことがなかった。

夕方近くに、永徳《えいとく》通運の女社長・永峰央子《ながみねおうこ》がやってきた。五年前に夫を亡くし、三十三歳で社長業を継いだあと、会社を急成長させた女傑である。

豊かな胸と腰を強調するような、袖の透けた黒いワンピースを着ている。ツバの広い帽子を斜めにかぶり、かかとの高い靴をはいた姿は西洋人に勝るとも劣らない。

年齢を感じさせない目鼻立ちのくっきりとした美貌には、犯しがたい威厳があった。

「こんにちは。奈津乃《なつの》はいるかしら」

功成の妻・奈津乃とは女学校以来の友人で、三十八歳になった今も互いに訪ねあっていた。

「はい、お部屋にいらっしゃいます」

「そう」

二十二歳の大学生を、小バカにしたように横目で見て、そっけなく言う。白い紗《しゃ》の襟がついた胸元からは、香水が甘く薫った。

女中の案内で、レースの手袋を脱ぎながら奥へ歩いてゆくうしろ姿は、男の視線を惹きつけるように大きな尻が振られ、まさに女王蜂の貫禄だった。

謙三は、無意識のうちにつめていた息をはいた。

書生も六年目になるとだいぶ慣れ、どんな偉い客がきても緊張するようなことはほとんどないが、央子は別だ。男の欲望を掻き立てる容姿と冷ややかなまなざしに、いつも圧倒されてしまう。気の弱い男ならろくに口もきけないだろう。

日本国内はおろか海外にまで航路を持つ物流会社・永徳通運の始まりは、江戸の廻船問屋だ。明治になって央子の父が「永徳通運」と名を改め、株式会社にした。

ひとり娘として自由奔放に育ち、渡航経験もある未亡人社長は五カ国語を話す才媛で、業界ではちょっとした有名人だった。

くすんだ夕陽が深くさし込む軒先を見つめながら、謙三はぼんやりと将来について考えた。

大学では政治や経済を学んでいたが、それをどう活かしたものかと思う。官吏は性に合わない。銀行かどこかの会社へ就職するつもりだが、これといった希望があるわけでもなかった。

ふと、故郷のことが思い出された。

母親は三年前に亡くなったが父は健在で、県の役人をしている。

中学教師になった長兄は、妻帯して一児の父となっていた。鉱山技師の次兄は九州へ赴任しており、郷里の噂は帝大へ通う幼馴染みの中山志雲《なかやましうん》から聞くことが多かった。

志雲には、安喜《あき》という妹がいた。四歳下で、水戸の女学校を卒業後、去年お茶の水にある東京女子高等師範学校へ進んだ。

入学したての頃の、少女らしいふっくらした頬と真っ直ぐなまなざしが浮かび、思わず口元がほころぶ。姉妹のいない彼にとっては、実の妹も同然の存在だった。

一日が終わって、四畳半の書生部屋へ引き上げると、女中のおこよがそっと襖を開けて入ってきた。寝巻き用の浴衣姿で、脂肪の乗った柔肌から湯上りのいい匂いをさせている。

謙三より二つ下だが、下ぶくれで厚ぼったい唇と眠そうに垂れた目が、男の味をよく知る年増のように艶めいていた。

秋田出身のこの女中は、小学校を卒業する前から男を誘うような子供だった。九歳で初潮があったというから、早熟だったのだろう。むっちりとした体と盛り上がった胸を見て、まさか十歳とは思わずに抱いた男も多かった。

やがて淫らな素行が近隣に知れ渡り、さすがに居づらくなって、東京へ奉公に出されたのである。

謙三との関係は二年前からだ。それまでいた先輩書生が卒業して郷里へ帰ったため、順番が回ってきた。

おこよは餅のような手で男の逸物をつかむと、ゆっくりとねぶりはじめた。口腔の粘膜が肉茎に吸い付き、舌が上下に刺激していく。枕灯の乏しい明かりが、ふくらんだ頬と間延びした鼻の下を隠微に照らしている。

謙三は、ときどきうめいて気持ち良さを伝えた。女のほうでもそれに応えて鼻を鳴らし、いっそう狂おしく口をすぼめて強く吸う。

一度目の射精は、たいてい口の中だった。おこよはそれをうまそうに音を立てて飲み下すと、また男根にしゃぶりついた。

二度目は軽く歯を立て、早く力を取り戻せとせっつく。二十二歳の男が再びみなぎるのに、さほど時間はかからなかった。

半身を起こすと、股間に顔を伏せて頭を振っている女の胸元へ手をつっこみ、大きな乳房をわしづかんで引き上げる。

チュポンといい音がして、濡れた唇から若鮎が飛び出した。

「乗れよ」

荒い息の混じった声でささやくと、真っ白な尻がためらいもなく屹立の上に降りてきた。

「あああん」

芯からうれしそうな声がほとばしり、謙三を熱く締めつける。

おこよは、自分の青臭い唾液が撒き散らされている硬い腹に手をつき、一心に腰を振った。

浴衣の襟は、片側が肩からずり落ち、はみ出した丸い乳房が動くたびに揺れる。頬や額に髪をほつれさせ、目を閉じてだらしなく口を開いた顔が獣欲をそそる。

体を入れかえて組み敷くと、さらに嬉しそうな嬌声をあげ、しがみついてきた。

あふれ出る歓水が、抜き差しのたびにいやらしい音をたてる。蒸し暑い小部屋には、あえぎばかりが充満していった。

「出るっ……出すぞ！」

押し殺した声で告げて、激しく奥をついた。

「出して！　いっぱい……いっぱいちょうだい！」

うわごとのように言って、男の腰へ絡めた両足に力を入れる。

内側の柔肉はますます濡れそぼって魔羅を締めつけ、すすり泣くような声が、短くなんども繰り返された。

若い男の体が、大きくたわんで痙攣した。二、三度ゆすり上げるあいだに、下になった女も喜悦の息を鋭く放つ。

たっぷりとした精は、ギュッと握りしめるよりも強く、肉奥へと吸い上げられていった。

以前、妊娠したらどうするつもりだと尋ねたことがある。

「大丈夫。もう何回も中絶《おろ》したから、赤ん坊ができなくなったの」

けろりとして答える顔には、なんの哀感もなかった。

この先の人生がどうなるかより、目の前の男と好きなだけ抱き合うことのほうが、この女にとっては大事なのだ。

利用させてもらっている身で、説教じみたことなど言えるはずもない。悩んだり悔やんだりせず、己の欲望に素直に従うおこよは、いっそあっぱれだった。

粘つく逸物や腹のあたりをぬれ手拭いでふいてくれる手をつかみ、謙三は汗ばんだ体を抱き寄せた。


あと半年で卒業だという大正二年の秋、永徳通運への就職話が舞い込んだ。服部からそれを聞かされ、進路をまだはっきりと決めていなかった謙三は、喜んで承諾した。

年が明けて三月、おこよとも夜の別れを充分に楽しみ、会社で用意してくれた溜池の下宿へ引っ越した。

物流の手段が海から鉄路へ移ったこともあって、永徳通運の本社は新橋にあった。下宿からは市電で五駅だ。

央子からの使いがあって、入社前に一度屋敷へ来いという。

高慢な美貌がすぐに浮かんできて「やっかいだな」と思ったが、勤めが始まればいやでも顔を合わせることになる。苦手意識を乗り越えるためにも、できるだけ慣れておいたほうがいいと考え直した。

「苦手」と言っても、嫌いというわけではない。彼女の前で堂々とした男でいるためには、相当の力量がいる。謙三はまだそれだけのものを持っていない。むなしく見栄をはるしかない自分が情けなかったのだ。

服部からの就職祝いであつらえた背広と革靴を身につけ、床屋へ行って髪を整えると、昼過ぎに青山の永峰邸を訪ねた。

煉瓦塀で囲まれた重厚な洋風建築は、見ているだけで圧倒されそうになる。まるで女主人そのものだ。

緊張を振り払うために強く息を吐き出すと、使用人が開けてくれた鉄門扉の中へ入った。

玄関まで続く石畳の両側には早春の花々が規則正しく植えられ、一段高く積まれた円形の石段の上には馬に乗った英雄の石像が立っている。

花崗岩の建物は二階建てで、見えているだけでも軽く十部屋はありそうだ。

玄関扉が開くと、白髪まじりの短髪をきちんとなでつけた家令が、うやうやしく頭を下げた。

「奥様がお待ちです。どうぞこちらへ」

玄関を入ると、そこは吹き抜けで、優雅に弧を描く階段が右手に見えた。木目が交互になるよう正方形の板を敷いた広間は、三十畳ほどもあるだろうか。

象牙色の壁には欧州の風景画がかけられ、マホガニーの台には三尺（約九十センチ）近い伊万里焼の壺が飾られている。

磨き込まれたこげ茶の床を土足のまま進んでゆくと、廊下の突き当たりにある部屋に通された。

央子は、一面がすべて窓になった応接間の中央で、革張りの長椅子に腰掛けていた。高価な人形を思わせる整った顔が振り向けられ、入ってきた若者を静かに見つめる。

謙三は、その値踏みするような視線に向かい、用意した挨拶を述べた。

「お呼びと伺い、馳せ参じました。来月からお世話になります両角です。よろしくお願いいたします」

言うだけ言ってぎこちなく会釈をしたが、あとが続かない。

改めて見る女社長は、今日も豪奢だった。

白いツイードのボレロの下は、腰を細く絞った深緑のアフタヌーン・ドレスだ。イヤリングと左手の指輪は、純金の透し彫りにエメラルドをあしらったもので、結い上げた洋髪の髪飾りにもエメラルドと真珠が使われている。

長いまつ毛に縁取られた大きな瞳もさることながら、くっきりとした赤い唇も、白磁のように滑らかな肌も、あらがいがたい高貴な魅力に満ちあふれていた。

謙三の額には、うっすらと汗がにじんだ。

「馬子《まご》にも衣装ね。そこで、一度回って見せて」

ひんやりとしたアルトの声だった。

言われたとおりにすると、央子がフッと微笑み、ゆっくりと立った。

「ついてらっしゃい」

ひとことだけ言うと、くるりと背を向け、応接間のフランス窓を開ける。

あとについて出てみると、右手には築山と枯山水を配した庭があり、その奥に渡り廊下で洋館とつながった日本家屋が見えている。

左側は、表とはまた違った趣の洋風庭園で、小さな池のまわりに樹々が生い繁っていた。根元に植えられた草花は自然に近い感じに整えられ、その向こうには離れ家の屋根が見える。

目指しているのは、どうやらそこらしかった。

池の三分の二ほどのところにかけられたアーチ型の石橋を渡ると、屋根より高いミモザが満開で、陽光に輝く黄色い小花が高く薫った。

「見事な樹ですね」

間が持たなくてつい言うと、央子は初めて振り返った。

「花は好き?」

思いも寄らない質問にとまどいながらも、「はい、田舎育ちですから、花は身近でした」と答える。

水戸の春は東京より遅かったが、それだけに福寿草や梅の花が待ち遠しかった。

「そう……よかったわ」

何がいいのかわからなかったが、嫌われているわけではなさそうだ。いくらか気をゆるめて、肩の力を抜く。

離れ家は、白壁に緑の屋根をのせた八角形の洋館だった。窓枠はアーチ型で、池に向かって一面にひとつずつ並んでいる。

玄関を入ると、油絵の静物画がかかった三畳ばかりの空間があった。天井からは小さなシャンデリアが下がり、狭いながらも落ち着く空間だ。

つきあたりの扉が開くと、大きな天蓋つきのベッドと、ラタンの椅子が二脚見えた。壁際には足つきのキャビネットがあって、蓄音器が置いてある。

「私の隠れ家、アングル・ハウスよ。入って」

欧州の貴族やブルジョワは、自分たちの家に名前をつけるそうだが、永峰家の離れ家も、そういう名のつく家にふさわしい風格を持っていた。直訳すれば「角度の家」だが、八角形の建物はまさに「角」の集積だ。

ペルシャ絨毯の敷かれた室内は、二十畳以上あるだろう。奥には洋風のバスルームと簡単なキッチンもついていて、天井は高く、レースのカーテンのかかった窓からは、池のほとりに群れ咲く水仙が見えた。

「ひとりになりたいときは、よくここへくるの。眠れるまで音楽を聞いていたり、もの想いにふけったり……。ほかの者たちは呼ぶまで来ないわ」

そう言ってうつむいた美しい横顔には、かすかな恥じらいが浮かんでいた。

謙三は、いっきに体が熱くなった。憧れの女性と二人きりという状況が、再び緊張感を呼び戻す。

顔を上げて振り向いた央子は、すでにいつもの威厳を取り戻していたが、瞳が潤いをおびている。そして、その瞳でじっと見つめてきた。

息をするのも忘れるような何十秒かがすぎた。

(まさか……いや、嘘だろう……し、しかし……)

試されている時間に耐えられなくなって、一歩踏み出す。央子はじっと動かない。

二歩、三歩と歩み寄り、腕を伸ばせば届く距離まできた。

宝石にも喩《たと》えられそうな濡れた瞳は、相変わらず見上げてきている。

背広の内側は汗ばみ、下半身はズボンの上からでもわかるほど充溢していた。

貴婦人の紅の唇が開いた。

「肩幅が広いのね。洋装だとよくわかるわ。最初はまるで垢抜けない坊やだったのに、すっかりいい男になって……」

爪の先まで手入れされた細い指が、頬にそっと触れてきた。

謙三の中で、最後のためらいがはじけ飛んだ。

華奢な手首をつかんでグッと引き寄せると、覆いかぶさるように唇を重ねる。角度を変えてなんどもついばみ、吸って、舌をからめた。

ボレロのボタンに手をかけても、央子は拒まなかった。むしろ自分から肩を揺すって脱ぎ落とし、髪飾りも椅子のクッションへ放る。あらわになったデコルテはしっとりと輝き、大きく突き出した胸は、息づかいに合わせて上下していた。

布地の上から片手で強くつかむと、甘い吐息がささやいた。

「あせらないで」

なだめるように接吻され、指から力を抜いた。

思えば、おこよとの夜伽はいつも性急で、激しかった。互いに、自分が満たされることしか考えていなかったのだと悟る。

絹のドレスがシワにならないよう、ゆっくりと揉みしだきながら唇を合わせ、高価な香水の香りを嗅いだ。

あり余る胸と尻を持つ央子の腰は、驚くほど細かった。片腕で楽に抱えられる。それもおこよとは違うところだ。

下女の体は全身に脂肪がのり、上も下も似たような太さだった。それはそれで、ずっしりとした抱き心地が愛しかったのだが。

謙三は、腕の中にある美しい体を抱き上げた。

「あっ」という声に、ちょっとした満足を覚える。いつも落ち着いている女社長を驚かせてやれてうれしかったのだ。

そのまま力強い足取りでベッドへ運び、そっと降ろす。

髪をすこし乱した央子は、かすれ声で「脱がせて」と言って背を向けた。

かたむいたうなじは無防備そのものだ。日射しの下で働くことのない、上流階級の贅沢な白さが平凡な青年を昂らせる。

左右の肩甲骨のあいだにある合わせ目は、鍵ホックで留められていた。

ひとつひとつ丁寧に、わざと時間をかけて外す。

本当はそれほど余裕があったわけではない。しかし、この貴婦人を芯から屈服させるには、相当の忍耐と配慮が必要だ。二度とはないだろうこんな機会に、つまらない男で終わるわけにはいかなかった。

ドレスの下のコルセットも外すと、艶やかな乳房がまろび出た。両の二の腕が隠れて見えなくなるほどの大きさがあり、淡い乳暈の中心に桜色の果実がみずみずしく実っている。

ガーターベルトだけになった女体を前に、自分も手早く上着を脱いで、結ぶときには苦労したネクタイを、乱暴にむしり取った。

「キスして」

仰向けでせがんでくる唇に口づけながら、ワイシャツを脱ぎ、ベルトを外してズボンを脱ぐ。

黒いレースの下着に指をかけると、肉づきのいい臀部が震えた。

「とりますよ」

断っておいて、ゆっくりと引き下げる。

央子はおののき、硬く目を閉じていた。

「……久しぶりなの。本当に……」

あえぐように言う口調には、わずかに怯える響きがあった。

「ご主人を亡くしてからは、誰とも？」

未亡人となってから気ままに楽しんできたとばかり思っていたが、どうもそうではないらしい。むずかしい年頃の息子と娘がいたからかもしれないが、小さくうなずく顔には、まぎれもない恥じらいが浮かんでいた。

慣れているように見えて、実はかなり緊張しているのだとわかって、謙三は大胆になった。そして、そんな大事な役目を任せてもらえたことに、男としての喜びと誇りを感じた。

「妊娠はしたくないの」

美しい貴婦人はそう言って、見上げてきた。

「承知しました」

それは謙三も望んでいなかった。責任が取れないことはしたくない。

口づけをひとつして黒絹の茂みを探ってみると、ぐっしょりと濡れている。太腿に手をかけて割ろうとすると、手首を押さえられた。

「お願い、馴らしてからにして」

「わかりました」

おこよと数人の玄人を相手にしただけで、それほど手管に自信があるわけではない。指示してもらえるのは、むしろありがたかった。

体を横にずらして唇を合わせながら、片手を首の下へまわし、もう片方の手を秘裂へ伸ばす。

中指で陰核に触れると、腰が大きく突き上がった。外れた朱唇が息をなんども吸い込む。閉じた目の縁が赤く染まっていた。

見事な乳房の先端は硬くなり、ますます艶をおびている。口で含むと、「あっ、あっ」と、うろたえる声がこぼれ出た。

舌で転がし、強く吸い、甘嚙みする。左右平等に繰り返しながら、全体をやわらかく揉み上げると、秘裂は溶けて足が開いてきた。

謙三は、唇と乳首交互に口づけつつ、陰花に指を挿し入れた。そこは、中指一本でもやや抵抗があった。この七年間、誰にも触れさせなかった証拠だろう。

「きつい」

口に出して告げると、閉じたまつ毛がまたたき、なめらかな頰はいっそう上気した。

震えた声が懇願する。

「ゆっくりして……あなたの、大きいから」

返事の代わりに、目尻へ口づけた。

普段は高慢な央子が、恥じらい、懇願する様子は、ひどく愛らしかった。

中指を深く入れて探り、天井の丸くふくらんだ箇所をなでる。奥の空洞を優しくかき回し、上下左右に軽く揺さぶってから、指を二本にふやした。

そのころには、甘い声が止まらなくなっていた。青い血管が透けて見える白い乳房は汗ばみ、先端は色濃くふくれ、眉はせつなく寄っている。

思いきって頭の位置を下げ、陰核に口づけてみた。

「ああっ！」

あわてたような声がして、腰が揺れる。

女のそこをはじめて舐めてみたが、汗と淫液が混ざった不思議な味がした。

珊瑚色の肉襞はあふれるように潤い、石鹸の香りが淡くたち昇ってくる。

逃げようとする体をつかんで押さえ、舌と指でさらにほぐしにかかった。

最初は向こうからねだってくるのを待つつもりだったが、途中でどうにも我慢がきかなくなった。

つかんだ体も熱くなってきているのがわかる。

若造が妙に粋がることもないかと思い直し、硬く反った陽物をあてがった。

美貌から「うんっ」と鼻に抜ける細い声がして、心なしか尻がもち上がった。

せめてゆっくり進めようと腰を加減するが、亀頭がすっぽりと入ってしまうと、もう止まらない。

グイッと最奥まで貫いた瞬間、上品な唇から高い悲鳴がほとばしった。

「あああっ!」

中はまだきつかったが、裂けることなく極太の男根を呑み込んだ。

謙三は、央子を一度しっかり抱きしめた。

頬と頬をぴったりと合わせ、髪に鼻を埋める。豊かな乳房が厚みのある胸筋に押しつけられていた。

耳元に震える息がかかり、「うれしい」と小さな声がつぶやいた。

青年の体中を、熱い血が駆け巡った。

粘膜をなじませるように、ゆるく大きく抽送する。

「ああっ、いいっ!」

冷たくすました麗人ぶりからは想像もできない、淫らな歓喜の声だった。

結った髪は崩れ、おくれ毛が唇のはしにかかっている。

柔らかな太腿が強く腰に絡みついてくるのを感じながら、謙三は勢いよく腰を振った。そして、射精する寸前に抜き取り、目の前の真っ白な下腹へぶちまけた。

央子はまだ絶頂前だったろう。わかっていたが、そこまでもたなかった。

荒く息をつぎながら、ひとまず横へ降り、脇のテーブルから花紙を取って、まき散らした精液を拭き取る。

「すみません」

ここは謝っておくべきだろうと思い、潔く頭を下げた。

息を整えていた未亡人は、「いいのよ」と微笑んだ。

「すごくよかったわ」

予想外の優しい気づかいに、胸が熱くなる。目を閉じて横たわるその姿は、これまで抱いたどんな女よりも美しかった。

激情にかられて唇を重ね、舌を絡ませた。

気だるいあえぎが、まだ冷めきっていない空気を、もう一度濃密なものに変えていく。

「央子さん」

許可もなく、名を呼んでいた。

返ってきたのは、うれしげな吐息だった。

上品な手が男の両頬を包み、視線を合わせる。

「今度は私をいかせて」

甘美な懇願に、勇んでうなずいていた。

「どうすればいいですか？　教えてください」

経験不足は自覚していた。自分勝手なやり方でがっかりさせたくない。

微笑んだ貴婦人は、謙三の右手をとると股間へ導き、しげみの中の宝珠に乗せた。

「ここを優しく揺らして」

そう言って、重ねた手を左右に軽く振る。

「力加減はこのくらい……そう、覚えておいてね」

指南されるままに動かし、さっそく快感に酔いはじめた美貌をながめる。

「接吻は？　してもいいですか？」

「いいわ……好きなところへして」

まずは唇を合わせると、央子のあごが上がって太腿に力がこもった。ひどく感じているらしいことがわかって、さらに深く舌をさし入れる。

先ほどの交合の昂りが、まだ残っていたのだろう。反応は早く、激しかった。

そして、すすり泣く声が高まったかと思うと、いきなりしがみつかれた。

「ああ、イクッ……イッてしまう！」

絶頂は急に訪れた。腕の中の女体が大きくのけぞり、細かく痙攣しはじめる。唇は半分開かれたまま眉が強く寄り、首から上が染まっていく。

陰核を親指で刺激しつづけながら中指と薬指を挿入すると、春のぬかるみのように柔らかな粘膜が、ギュッと堅く締めつけてきた。

「あっ、ああっ……ん、ああ！」

央子は激しく頭を振り、男の右腕を強くつかんだ。

それでも挿入した指を動かしつづけていると、やがて全身の力が抜け、浮いていた頭がガクリと枕に落ちた。

ゆるんだ内部から指を抜き取ってみると、白濁した愛液がたっぷりと絡みついている。それは、南国の熟した果実のような香りがした。

どうしようかと少し考え、目の前の薄く開いた赤い唇へ持っていった。

ふっくらとした二枚の花びらを割って、粘液を塗りつけるように、指でそっと歯列をなぞる。

するとと、中から桃紅の舌が出てきて、それを舐めた。

「おいしいですか」

尋ねると、法悦の余韻におおわれた顔が、かすかな笑みを浮かべた。

「おいしくない……でも、うれしい」

謙三は半身をゆっくり起こすと、淫液まみれの唇に接吻し、ぐったりした体を深く抱き寄せた。

「……僕は、合格ですか？」

これきりにしたくなくて、つい耳元へ問うていた。

すこし考える間があって、美しい手が刈り上げた襟足に伸びる。

そのまま髪をなでられるにまかせ、答えをじっと待った。

「そうね……また会いたいわ」

想像以上の返答だった。

体を少し離して、視線をとらえる。ためらったが、思いきって言ってみた。

「二人のときは、央子さんと呼んでもいいですか？」

軽やかな笑い声があがった。

「さっき、勝手に呼んでたじゃない」

その言葉をどう取ればいいのかわからず、とりあえず「すみません」と謝る。

「……いいわよ。特別に許可してあげる」

また笑ってそう言う年上の未亡人に、謙三は熱く接吻した。

窓の向こうからは、鳥の鳴き声が聞こえてきていた。

公園ほどもある屋敷だ。きっとたくさんの生き物が棲んでいるのだろう。

そう考えると、ここは聖書にある「楽園」のような気がしてくる。

信じられないような幸運にため息をひとつつくと、「どうしたの」と、おかしそうに問いかけられた。

「いえ、なんだか、本当のことに思えなくて」

我ながらへんな答えだったが、それ以外の言葉が見つからない。「楽園のようだ」と言うと、央子は「そうよ」と応えた。

「ここは私の楽園なの。ここでの私は、母でも未亡人でも経営者でもない。名も無いその辺のちっぽけな花になって、全部忘れてしまうの。なんでもない存在って自由でいいわよ」

央子は、本当に楽しそうだった。

「だったら、自分は名も無い花を抱いたのか」と思う。だから池の端で、謙三が花好きだと知って「よかった」と喜んだのだろうか。

新入社員が社長の苦労をわかるはずもなかったが、わずかでも助けになれるならうれしい。

しかし一方で、そのためだけに採用されたのかという疑念がわき、すこし悔しくなった。

「僕が就職できた理由はこれですか」

「なあに、傷ついた？」

面白そうに見つめてくる女社長を見返すことができなくて、枕の上で横を向く。

クスクス笑いのすぐあとに、「ちがうわよ」と、アルトが聞こえてきた。

「私はね、たとえひとときのつながりでも、一流かそうなる見込みのある男しか選ばないの」

再び視線を戻すと、知的なまなざしがあたたかく見守っていた。

「なにごとも惜しまず努力して。期待しているから」

心からの励ましに、これまでの時間が改めて輝きだす。

「はい」

返事をすると、軽いキスが返ってきた。

「シャワーを浴びましょう」

先に立った央子について入ったバスルームは、トルコのスルタンの沐浴場のように豪華だった。

青を基調とした凝ったモザイクタイルはイタリアから取り寄せたもので、金の猫足のついたバスタブはフランス製だという。

真鍮のシャワーヘッドから出るお湯は快適で、ヨーロッパの王侯貴族もかくやと思わせる。

貧乏士族のつましい暮らしと引き比べても仕方がないが、いきなり上流の舞台へ引き上げられ、高揚ととまどいが半々だ。

シャボンを泡だて、美しい曲線をなでるように洗っていくと、央子はうれしそうに笑った。

「誰かに洗ってもらうなんて、子供のころ以来よ……ちょっとくすぐったい」

謙三は笑っただけで何も言わず、足指の先まで丁寧にこする。そうすると、目の前の体がますます尊く、愛しく思え、男としての幸福感が満ちあふれた。

出社が始まると、とたんに忙しくなった。新入社員は覚えることが山積みで、それだけ永徳通運は繁盛していた。

もしかしたら欧州で大きな戦争が起きるかもしれないという噂もあり、謙三のいる海外事業部は特に緊張感があった。

大蔵省の役人となった志雲と安喜《あき》の兄妹とは、五月に入ってから銀座のカフェでいちど会った。

「おまえ背広が板についてるな」

そうからかう志雲自身も、なかなかの官僚ぶりである。もともと頭の切れそうな容貌をしているうえに、きちんとなでつけた髪に銀縁メガネとくれば、十人が十人とも「こいつを侮《あなど》ってはならない」と思うだろう。

二十歳《はたち》になった安喜は、来年、女高師（女子高等師範学校）を卒業する。水戸から出てきたばかりのころを思えば、ずいぶんと大人びてきれいになった。

白桃のような頬に、聡明さのうかがえる黒目がちな瞳が印象的だ。束髪に大きな紺のリボンをつけ、あやめ柄の水色の銘仙が若々しくも鮮やかだった。

真面目に勉強ばかりしているのかと思ったが、志雲が愚痴を言いはじめた。

「こいつはへんなものに入れ込んでいてな、最近は危なくてしょうがないんだよ」

兄の非難するような視線に、妹はシラッとして応えた。

「へんなものじゃないわ。女として当然の権利を主張しているだけよ」

友に向き直った兄は、「いわゆる、新しい女ってやつさ」と、苦々しげに言った。

明治の初期から始まった婦人解放運動は、明治末期の平塚《ひらつか》らいてうの登場と『青《せい》鞜《とう》』の創刊で活気づいていた。

「女は政治演説を聞きに行ってはいけないとか、三人以上の集会は警察に届け出ろとか馬鹿げているわ」

婦人の政治活動は法律で禁止されている。したがって選挙権もない。夫を支えて家を守り、次代を担う賢い子供を育てることが第一とされ、それ以外には興味を持たないことが婦徳とされていた。

「姦通だって、妻がすれば離縁されるけど、夫はいくらよその女としたっておとがめなしでしょ」

婦人に対する不平等は、法律の面でも慣習でも根深かった。

「女高師もね、本当はうんざりなの。ことあるごとに良妻賢母、賢母良妻で、授業でも難しいことは教えてくれないし。本を読んで自分で勉強した方がマシよ」

「だからって、警察に捕まりそうになるのはまずいだろう」

兄のたしなめに、妹は口をとがらせた。社会主義者の集会に行って、逮捕されそうになったのだという。

「あいかわらず青鞜社にも顔を出しているんだろう」

「そうよ。雑用をさせてもらっているの。あそこにいるだけで楽しいんですもの」

いっぱしの活動家のようにすまして言う安喜を、謙三は微笑ましく思った。

志雲の心配もわからないではないが、働きづめでなんのいいこともなく亡くなった自分の母を思うと、女たちがもっと楽しく自由である世の中のほうがいい。

それに、会社勤めをするようになってわかったことだが、経営者としての央子は本当に素晴らしかった。時勢を読み、先を予測し、果敢に決断する。

他の会社に勤めたことはないが、新聞を読んだり年長者から話を聞く限り、永徳通運の繁栄は偶然でもなんでもない。傑出した女社長のおかげだった。

「男勝り」とか「男でもめったにいないような」という賛辞はよく聞くが、それは男よりも女が劣っているという前提あっての言い方だ。

央子を知れば知るほど、そんなありきたりな修辞を陳腐だと感じるようになっていた。

「まあ、いいじゃないか志雲。せっかく東京へ出てきたんだから、好きにさせてやれよ」

「おまえはいつも安喜に甘いからなぁ。いっそ嫁にもらってくれないか」

謙三がコーヒーを吹き出すのと、安喜が兄の肩をぶつのは同時だった。

「やめてよ！　謙兄さんが困ってるじゃない！」

「痛っ！……だって謙三はおまえの初恋の人なんだろう」

「なに古いことといつまでも言ってんのよ！」

「初恋？　なんだそりゃ」

吹いたコーヒーをハンカチで拭いながら尋ねた。

真っ赤になった安喜を横目で見ながら、志雲が言った。

「小学校のときさ、こいつが虐められているのを助けたことがあっただろう」

「ああ……」

近所の悪ガキたちが、小学校に上がったばかりの安喜を、小枝を振り回しながらはやし立てているところへちょうど行き合わせたのだ。おさげ髪の小さな女の子は、つい虐めたくなるほど可愛かったのだろう。

当時から体の大きかった謙三は、すぐさま悪ガキを蹴散らし、二度と悪さをしないと誓わせた。

「あれで、私は将来謙兄さんのお嫁さんになると決めたらしい。両親は女学校まででやめさせたかったんだがな、どうしても女高師へ行くといって聞かなかったのは、おまえが東京にいたからだ」

「初耳だな」

ついニヤニヤ笑いが浮かぶ。安喜は、もう一度兄の肩をぶった。

「昔のことよ！」

「なんだ、今は違うのか。残念だな」

冗談にしてやったほうがいいと思い、わざと茶化す。

「うん……今はちがう」

「どうちがうんだ」

「平塚先生と奥村《おくむら》さんのような恋がしたいの」

今度は志雲がコーヒーを吹いた。

二年前、二十六歳のらいてうは、五歳年下の画家志望の青年・奥村博史《ひろし》と出会い、同棲を始めた。従来の「家」にしばられる婚姻制度を嫌い、自由な愛の関係を選んだのである。

当時、奥村がらいてうに宛てた手紙の中で自らを「若い燕」になぞらえたことから、年下の男性愛人をそう呼ぶようになった。

「形なんかどうでもいいの。世間からなんと言われようと、お二人は尊敬しあい、愛しあって、法律で決められた夫婦なんかよりずっと固い絆で結ばれているのよ」

夢見るように言って瞳を輝かせる安喜は、まさに恋に恋する女子学生だった。

「年下の男と恋愛するのか」

兄の心配そうな声に、「それもいいかも」と、呑気な答えが返る。

謙三はひどく居心地が悪かったが、それは今自分が「若い燕」だからと言うだけではなかった。勝手な話だが、他の男に抱かれる安喜を想像し、どうにも面白くなかったのである。

央子からの呼び出しは、週に一回くらいの割合であった。場所は例のアングル・ハウスで、週末土曜の夜がほとんどだ。

目立たない裏口があって、母屋の使用人に知られずに通うことができる。

どちらか急に都合が悪くなるようなときもあったが、約束の時間から一時間待ってもこなければ帰ると決めてあった。

なんど肌を合わせても、年上の女社長は謎だらけだった。だが、気おくれはそれほどしなくなっていた。

それどころか回を重ねるにつれ、感じる箇所やイカせる呼吸がわかってきて、かなり大胆に振る舞えるようにもなった。

今夜もそっと忍んで行くと、池のまわりで蛍が乱舞していた。もう初夏なのだ。

央子は淡い水色のガウンを素肌にまとい、そのあえかな光を窓から眺めていた。髪は下ろして背中でゆるく結び、テーブルには冷えた白ワインのグラスがある。豊かな胸が絹サテンの生地を押し上げ、組んだ足のふくらはぎが、ガウンの合わせ目からのぞいていた。

「遅くなりました」

挨拶すると、きれいに描かれた眉がゆるんで、口元に笑みが浮かんだ。

「お疲れ様。あなたの部署は忙しいでしょう」

そう言う央子自身にも、若干疲れが見えた。なんの仕事も入れない完全な休日は、月に一度あるかないかだろう。

「今日は、ワインを飲むだけにしましょうか」

やせ我慢で言うと、華やかな笑い声が響いた。

「まさか。あなたが欲しくて待っていたのに」

振り返った顔には、もう情欲が妖しく灯っている。

謙三は大股で歩み寄ると、左腕を伸ばし、ラタンの椅子から匂いやかな女体を引き上げた。

「あっ……」

あえぎを口づけで封じ、ガウンの襟を大きく広げて乳房をまさぐる。先端を指先でつぶすようになぶると、貴婦人は立っていられなくなった。

すぐさまベッドへ押し倒し、自分でも着ているものを脱ぎ落とす。

片手では持ちきれない乳房をつかみ、口をつけて強く吸い上げると、痛みと悦びに耐える悲鳴が放たれた。

ただ優しいだけの愛撫より、痛いくらいの激しい戯れがお気に入りなのだ。

左右の乳首を交互に強く吸ってやると、すすり泣いて「噛んで！」とねだった。

彼女が、そのような交わりを好むとわかったのは、最近のことだ。それまでは、感じる箇所をさぐったり、触れ方を学んだりすることのほうが多く、謙三はただただ熱心な生徒だった。

しかし、後背位を試してみようと四つん這いにさせたとき、それとわかるほど愛液がしたたった。

枕に頭を埋れさせ、背中を押さえつけてうしろから突くと、ますます歓喜した。

髪をわしづかんで頭をそらせ、苦しい体勢で突き上げると、狂ったように泣き叫んだのである。

それは央子自身にとっても意外だったらしく、体を離してからもしばらく呆然としていた。

ややあって、「もっと好き勝手にしてほしい」と言われたとき、これまでに感じたことのない快美感が胸に湧きあがった。

すでに相当の角度になっていたファルスが、いっそうたぎって硬くなる。

手始めに、仰向けになって足を持ち上げ、大きく開くように言うと、気高い女社長はかわいそうなほどうろたえた。

「ダメ！　そんな恥ずかしいことできないわ！」

「好き勝手にしてほしいと言ったのはあなたですよ。僕の言うとおりにしてください」

見上げてくる上品な目元に、涙が盛り上がる。

「お願い……できないわ。許して」

生まれて初めての屈辱は、そう簡単には受け入れられないのだろう。

「しょうがない。今回だけ許してあげましょう」

寛大なところを見せて安心させた謙三は、すばやく手を伸ばして足首をつかみ、あっという間に太腿を開かせた。

暴かれた花園はおびただしい粘液にまみれ、花弁も陰口もほどけて光っている。

央子は全身を染め上げ、顔を両手でおおった。

「いや！　見ないで！」

「本当にいやなんですか？　また中からあふれてきましたよ」

「ああ、あ、あ」

混乱したうめきが、続けざまにこぼれ落ちる。

「自分で足首を持って」

命令口調で言うと、顔を隠す両手がおずおずとはずされた。

「言うとおりにして」

もう一度強く言って、足首を放す。太腿は閉じたが、足先は降りなかった。

聡明な深みを持つ瞳が、左右に揺れて迷う。しかし、まぶたが固く閉じられたかと思うと、細く長い指が宙に浮く足首をとらえた。

「もっと、しっかりにぎって」

もはや敬語は投げ捨てていた。

「膝を胸に引きつけて。あなたのそこがよく見えるように」

何かを克服するかのように短い呼吸がくりかえされ、豊かな胸が上下する。閉じられたまぶたは細かく震えていた。

やがて、膝がゆっくりと乳房に押しつけられた。

「もっと」

叱責するが、それ以上はなかなか動かない。なめらかな頬は上気し、またひとすじの涙が伝う。

謙三はすっかり興奮し、残酷な支配者になっていた。枕を取ると、肉づきのいい艶やかな尻を無理やり持ち上げ、その下へあてがったのである。

花園はいよいよ淫らに咲きほこり、むせるような蘭の香りをただよわせた。

色濃い肛襞はわずかに収縮し、歓水が溜まっている。

排泄穴までさらす屈辱は耐えがたいのだろう。

「ああ、いや……ダメ……おかしくなりそう」

女社長は、うわごとのように口走った。

指先で肉襞に触れると、全身が小刻みに痙攣し、愛液は菊花を超えて双丘の谷間にまで伝い落ちた。

蘭の割れ目に指を挿入してみる。

「ああ、ダメ！　お願い、許して！」

言っていることとは反対に、肉筒の粘膜が固く締まった。

「嘘はいけませんね」

たしなめながら内部で指を曲げ、回転させると、央子は悲鳴を上げて乱れ、足を閉じそうになった。「閉じるな」と言っても、膝がしらをつけて開こうとしない。

謙三はいったん指を抜き、腿裏を左手で押さえつけると、太腿と双丘の境目あたりを右手で打った。

「きゃあああっ！」

貴婦人は悲鳴をあげたが、かまわずに打つ。

「言うとおりにできなかった罰ですよ」

本当に罰したかったわけではなく、そうするほうが悦びそうな気がしたのだ。

予想どおり央子は泣き叫んで頭を振ったが、股間は水浸しになった。
五、六度ほど打って、様子をみる。普段、相手を威圧するような美貌は涙にまみれ、子供のようにがんぜない。
自分に何が起きているのか、あまりよくわかっていないようだが、拒絶する気配はなかった。

目元にかかったほつれ毛をかき上げ、その手を濡れた頬にすべらせた。

「これからも命令どおりにできなかったときは罰を与えます。いいですね」

形のいい朱唇が開いたり閉じたりする。仕事の決断と違って、どうしていいかわからないのだろう。

「ねえ……こんなことといけないわ。まちがってる」

「そんなことを言うなら、僕らの関係だって、決して褒められたものじゃないでしょう。最初から正解なんてないはずだ」

せっかく見出した感覚を、あきらめたくはなかった。

身のうちは熱くたぎり、初めて経験する快感が脳内に渦巻いている。

この気高く聡明な人と、行けるところまで行ってみたい。それは痛切な願望だった。

央子は涙をためた瞳で、すがるように見上げてきた。謙三は、決意を込めて静かに見下ろす。

やがて、白い頤《おとがい》がかすかに動き、麗婦人はうなずいた。

再び振り上げた手で枕に乗った双丘を打つ。自分を許した女は、最初よりもずっと甘い悲鳴を聞かせた。

第二章　人犬調教

　その年の八月、オーストリアがセルビアに宣戦布告し、ついに世界大戦が始まった。日本もイギリスからの要請で参戦はしたが、本国が戦場となるようなことはなさそうだった。かえって軍需品の輸出がふえ、ヨーロッパからのさまざまな輸入品が途絶えたアジア諸国への輸出も盛んになった。日本には維新以来最大の軍需景気が訪れようとしていた。

　永徳通運の船は休みなく航行し、物資を運ぶだけでなく、直接の売り買いにまで事業を拡大した。

　社長である央子はもちろん、謙三も夢中で働いた。

　アングル・ハウスでの逢瀬は途切れがちだったが、それでも月に一、二回はあった。

　自分で足首を持って体を開くことにはなかなか慣れないようで、いつも抵抗を示す。

多少の痛みはむしろ自分から求めてくるのに、恥辱は受け入れにくいらしい。

何が今の彼女を作りあげたかを考えれば、当然かもしれなかった。

しかし、謙三はそれに対する罰を考えるのが面白く、さまざまな屈辱的行為を科した。

ラビアを自分で開けなかったときは、陰茎を咥えさせてみた。

そんなことは亡くなった夫にもしたことがないと言う。結婚するまで男を知らなかったのだから、これが初めてということだろう。

すこし薄めの上品な唇をやっとの思いで開き、なんどもためらってから、ベッドの端に座る男の屹立を咥えた。

「んっ」とかすかな息が鼻から抜ける。眉をひそめた悲壮な顔で、おずおずと奥まで咥えていく。

喉に達したところで、謙三は央子の頭を両手で押さえた。

「んんっ」

初めての感覚が苦しいのだろう。焦った声をあげて、頭をはずそうとするが、許さない。

「ダメですよ。そのまま、我慢して」

腰をほんのわずかずらして、軽く喉奥をつく。

「ぐうっ」

えずいて、真っ白な肩甲骨が持ち上がる。美しい顔はゆがんで、目尻から涙がこぼれ落ちた。普段、仕事でも人としても絶対かなわない女性を、こうして自由に操る快感はたとえようもなかった。

それは単なる支配欲ではなく、あくまでも性的に膝下《しっか》に置くと言う意味だ。相互に選び、選ばれして、与え合うからこそ楽しめる関係だった。

「気持ちいいですよ」

動かさなくても、口を占有しているというだけで高揚する。全裸の貴婦人は犬のお座りのような姿勢のまま、じっとされるがままになっていた。

「舌を上下に動かして」

縦長な小鼻が開いてすすり泣きがもれる。

食事と接吻にしか使ったことのない汚れなき舌は、やがてゆっくりと男の陽物をなめはじめた。

謙三は社長の頭から手を離し、次の指令を出した。

「唇も前後させて」

一度のスライドで、たまっていた唾液が大量にしたたり落ちた。

「高級な絨毯が台無しですね。唾を飲み込みながらしゃぶるんですよ」

たしなめられて、恨めしげな瞳が見上げてきた。

長い睫毛が濡れ、年上だと言うのに、なんとも言えず愛らしい。初めての口戯に苦労しながら頭を前後させる様子も、たまらなく愛しかった。

「上手になってきましたね」

ほめておいて、いきなり体をベッドへ引き上げる。すばやく足を割ってみれば、内腿全体が淫らな液にまみれていた。

「こんなに濡らして、はしたないな」

「いやっ、言わないで！」

赤くなって恥じらう麗人の肉襞が、物欲しそうに震えた。

「挿《い》れてほしいですか」

「ハア、ハア」と荒い呼吸がくり返される。そんなことを自分から言ったことがないのだろう。

「返事がないなら、今夜はここまでです」

自分でも限界が近かったが、わざと焦らした。

「い、いや！　待って……」

央子は肘をついて半身を起き上がらせながら、視線ですがった。

膝立ちになった謙三は、血管の浮く極太の肉棒を手に乗せ、見せびらかした。先端が反り返って、本体とは別に息をしているようだ。

ゴクリと喉が鳴って、熱を持った声が言った。

「い、挿れ……て」

「何を」

「あ、あなたの……その、太いのを！」

「どこへ」

「私の……こ、ここへ」

「自分で開いて準備して」

そもそも、ラビアを自分で開くことができなかったための罰だったことを思い出させる。

「ああっ」と、心の底から欲する、女の濡れた声がこぼれた。

従順になった貴婦人は、それでも恥ずかしげに足を大きく開き、美しい指先で濡れそぼった肉襞を左右に広げた。

謙三は「よくできました」と言って、己を深く打ち込んだ。

咥えさせたときの、犬のお座りのような格好が気に入った謙三は、革の首輪と鎖を買い求めた。今度させるときは、首輪をつけて本当の犬のように扱ったら面白かろうと思ったのだ。

「これで尻尾がつけば完璧なんだが」

妄想はいくらでも浮かんできた。忙しい仕事の合間の、極上の楽しみだ。

首輪を買った帰りに、久しぶりに浅草六区をぶらついた。

細長い六角柱の高層建築「凌雲閣《りょううんかく》」、通称「浅草十二階」を向こうに見ながら、ノボリの立ち並ぶ繁華街を歩く。活動写真、演劇、オペラなどを見にくる人々で、いつも祭りのような人出だ。

ふと見ると、裏手にある怪しげな演芸場で面白そうな出し物をやっていた。

『遊女無惨吊り折檻』

なんの情趣もない、あけすけな題目だ。しかし、内容ははっきりわかる。謙三は入場料を払って入ってみた。

場内は薄暗く、二百あまりの座席は八割がた埋まっていた。客のほとんどは男だ。

明かりが消えて、三味線や笛・太鼓の音曲が流れはじめる。

狭い舞台の袖から、後ろ手に縛られて髷の崩れた遊女が、突き飛ばされて転がり出た。浮世絵から抜け出たような、古風な美人だ。

うしろから大柄な下男風の髭面と、いかにも意地が悪そうなやり手婆が出てきた。

どうやら、愛する男の元へ行こうとして捕まった、吉原の太夫という設定らしい。

特に説明らしいものもなく、男が倒れた太夫の腰のあたりを蹴りつける。

「ヤイヤイ、さっさと男の名前を吐きやがれ」

悲鳴はあげるが、頑として口を割らない。

やり手婆がしわがれた声で、すごみを効かせて言う。

「強情だね。吊りな」

「へえ」と返事をした下男が太夫を立たせると、脇から別の男がまた出てきた。吊りはその者がやるらしい。五十がらみで背は低いが、骨太で力がありそうだ。

縛った後ろ手のところへ二本取りにした縄をくぐらせると、縄尻を勢いよく上へ投げ上げた。舞台の天井に梁でもあるのか、やがて落ちてきた縄を引くと、ピンと張って太夫の体を真っ直ぐに立てた。

黒繻子《しゅす》の帯の上に、縄で上下を挟まれた胸の膨らみがあり、腕にも二箇所きれいに縄が渡っている。食い込んだ様が不思議と美しく、淫らだった。

吊った男が割竹を持って、太夫を打ちはじめた。尻と言わず、腹と言わず、身体中いたるところを打っていく。胸や太腿は本当に痛いらしく、太夫の悲鳴も大きくなる。

観客たちは、身を乗り出だすようにして熱心に見つめていた。

やり手や下男から「まだ言わねえか」「もっと打て」と合いの手が入るが、太夫は悲鳴ばかりで言葉は発しない。

「まったく手間をかけさせるよ」

いまいましげに言った婆が、打ち手に顎をしゃくった。男はうなずくと、割竹をいったん置いて、別の縄を手にとった。まず下腹へ二重にまわし、次に着物の裾へしゃがんで足の間へ縄を通したかと思うと、鮮やかな手つきでさっと引き上げた。

着物は湯文字までめくれあがって二分され、股間にしっかりと縄が食い込む。

「ああ」と、切ない声で太夫が泣いた。

男は両の太腿のつけ根にも縄をまわし、下腹部の縄とつなげて固定した。

それから右足をとると曲げ、ふくらはぎと太腿をいっしょにして二箇所を縛る。膝に近いほうの縄に別縄を通して吊ると、太夫は左足一本の不安定な立ち姿になった。

どうかすると、陰部が見えそうだ。もちろん、それが目当てで客は来ているのだろう。秋だというのに、場内は蒸し暑くなってきた。

男は縄のかかり具合をあちこち確かめると、太夫の背後へまわって、着いた足が爪先立ちになるまで吊り上げた。

照明の当たった太夫の顔がゆがむ。額には汗の粒が浮き、ほつれた髪を一筋かんだ口元に力が入る。縛られた足は鬱血して赤くなり、陰部への食い込みもきついのだろう。客席からは見えないが、うしろで縛られている手や腕もつらいはずだ。

縛り手は、吊りの苦痛が女の全身にゆきわたるまでじっくり待つと、おもむろに割竹を拾い上げ、一本立ちの左足の内腿を打った。

太夫の口が大きく開き、絶叫がほとばしった。爪先をついたままブルブルと震え、歯を食いしばる。

次の打擲はもっと強く、左足が払われて女体がいっしゅん宙に浮く。

場内を割り裂くような号叫があがって、観客の腰も浮きかげんだ。

謙三は、自分の股間が突っ張るのを感じた。

男は、足を払う強打を三回ほどくりかえすと、いったん割竹をおろした。

太夫はガックリと首を落とし、荒い息の音だけが聞こえてくる。

下男が髷の根元をつかみ、顔を上げさせた。

「まだ言わねえか。この強情っぱりめ」

眉は苦しげ寄せられていたが、半開きの目はぼんやりとして、どこも見ていないかのようだ。

割竹を持った男は再び縄を手にすると、太夫の体を前にかがませ縛った足と水平になるように加減した。それから左足をとって完全に宙に浮かせ、右と同じようにふくらはぎと太腿を合わせて縛る。縄じりは背中から天井へ伸びる吊り縄に縛りつけた。

やがて、手足をうしろ向きに折り畳まれて水平に吊られた女体が、舞台の中ほどの高さまで引き上げられた。

最後の仕上げにかかった男は、束ねられた太夫の髪をつかんで引っ張り、吊り縄へくくりつける。

苦悶する白い顔が真っ直ぐ正面を向く。そのままゆっくり体がまわされると、腹の底から汲み上がってくるような、にごった呻き声があがった。

まさに無惨な、しかしどこか暗い美しさを感じさせる「吊り折檻」だった。

これほどとは思わなかった謙三は、食い入るように見つめた。

股間の柔肉に埋もれる四本の縄は、いくらか湿って色が変わっている。

「殺して……いっそ殺してぇ」

太夫の口から初めて言葉が発せられた。髪を引っ張られた顔に、涙がいく筋も伝う。

「誰が殺すもんか。覚悟おし」

やり手婆が言い捨てると、下男が手あぶりの火鉢を持ってきた。中には火箸が突っ込んである。

やり手が引き抜くと、先が真っ赤に焼けていた。

「さあ、とっとと白状しな」

焼け火箸が太夫の太腿に押し付けられようかというそのとき。舞台の照明がいっせいに消え、耳をつんざくような絶叫だけが、暗闇の中で響き渡った。

観客の誰しもが、焼け焦げて煙を上げる白い太腿と、泣き叫んでいる太夫の顔を想像しただろう。

しばらくして照明がつくと、舞台には紗の幕が降り、吊られた女体はその奥にぼんやり透けて見えた。吊り縄に括られていた髪の毛だけがはずされ、ザンバラの頭が下を向いている。ほかには火鉢と割竹が転がっているだけで、誰もいない。

「しょうがねえ、続きは明日だ」という声が袖から聞こえてきた。扉の閉まる音がして舞台は徐々に暗転していき、演目は終わった。

客席に、どよめきと拍手が広がった。謙三もつめていた息を吐き出し、凝った背筋を伸ばしながら手をたたく。

完全に魅せられていた。縛られた女体があれほど美しくそそるものだとは思わなかった。それに、ぼんやりと宙を見やった女の目が忘れられない。あれは、感じて我を忘れた央子の目と同じだった。

舞台の縄師にぜひ会おうと決意して、立ち上がった。

切符売り場の案内人に聞いて楽屋を訪ねていくと、くだんの男はちょうど舞台から戻ってきたところだった。手には大量の縄を持っている。

挨拶をして名を名乗り、初めて見た緊縛責めに感動したことを伝えた。

初老の男は「それはありがとうございます」と柔和な笑みで応え、辻屋伝兵衛《つじやでんべえ》と名乗った。白髪まじりの眉は先が長く伸び、小鼻が大きく張り出している。

化粧をしたまま茶を飲んでいる痩せぎすのやり手婆が、キセルを片手にチラリとこちらを見た。

「兄さん、遊び人じゃなさそうだね」

「いちおう、まっとうな勤め人です」

「アッハッハ」と、すっぽ抜けたような笑い声が居心地悪く響く。

「まっとうなもんは、こんなとこに来やしないよ」

「まあまあ、お可知《かち》さん」と、伝兵衛がとりなし、謙三に薄い座布団を勧めてくれた。

縄は若い男が手早くほぐして、一本を一尺（約三十センチ）ほどの長さに束ねてまとめていく。

下男と太夫は、矢川留吉《やがわとめきち》と千代《ちよ》という夫婦だそうで、別の楽屋を使っているという。

「それで、御用向きはなんでしょう」

向き合った伝兵衛は大店《おおだな》の主人のような風格で問うた。見れば、着物も上等な大島紬だ。

「ぜひ、あの縄の技を教えていただきたいのです」

「女人へお使いになるんですかな」

ここで央子のことを訊かれるとまずいと思ったが、技を習得したい気持ちのほうが強かった。

「はあ、まあ」

「女を喜ばせる技として習得したいというのでしたら、お教えしましょう。それ以外なら、堅くお断りいたします。なにしろ命の危険を伴うものですからな。よからぬことに使われても困ります」

「けっして邪《よこしま》な考えはありません。つきあっている女を喜ばせるためです」

ここで引き返す気はなかった。真剣な思いを伝えるために「お願いします」と言って、頭を下げる。

「住所と勤め先、出身校を申告していただきますが、それでもよろしいか」

謙三に不服はなかった。命に関わるような技なら当然だと思う。むしろ、そこまでしてから教える伝兵衛の態度に感服した。

住所や勤め先は変わることもあるが、出身校の卒業生名簿なら、たいがい保護者の住まいをたどることができる。何かあったときに責任を追及するには、極めて有効な情報だろう。只者ではないと言う直感がますます確かなものとなる。

「もちろんです」

そう言って、勤め先と住所、大学名を告げると、その場にいた全員が「おっ」という顔で注目してきた。慶應義塾卒というのは、けっこうつぶしが効くようだ。

伝兵衛も謙三の熱意を信じてくれたようで、ニッコリと笑う。

「では、毎週水曜日の夜に、ここへお通いなさいまし。あなたのように習いたいという方が何人かいらっしゃいましてね、舞台がはねたあとで使わせてもらっているんですよ」

「ありがとうございます。よろしくお願いします」

深々と頭を下げる。

聞けば、彼の家は代々岡っ引で、親の代までは実際に罪人に縄をかけていたのだという。明治維新後は興行師となり、浅草一帯を取り仕切るいわば大親分のような存在となった。

「辻屋」は屋号で、本名は辻原《つじはら》伝兵衛。まわりからは「辻伝《つじでん》」と呼ばれている。

可知が、いくらか丁寧な口調でつけ加えた。

「本当は、こんなとこに出るような旦那じゃないんですよ」

「いやいや、これは商売でやっているわけじゃない。ただの楽しみだからね」

鷹揚に笑う姿に、人を威圧するような気配はどこにもない。本当に力を持った者とは、そういうものなのだろう。

謙三は礼を言って、楽屋をあとにした。またひとつ新しい世界の扉が開いたような気持ちで胸が踊った。


次の週末、アングル・ハウスで首輪の包みを央子に開いて見せると、すでに全裸だった貴婦人は、あえいで胸に手を当てた。ゆるく首を振りながら、後ずさっていく。

謙三は笑って手首をつかみ、引き寄せた。

「座って」

美しく威厳のある顔が、泣き出しそうになる。

「さあ」

強くは言わず、そっとうながす。だが、それで充分だった。

主人の支配下に入った牝犬は、震えるため息をこぼしながら、その場で膝を折った。

革のいい匂いがする真新しい首輪を、ほっそりとした首に巻いてやる。うしろで止めて、前に鎖をつけると、素敵な人間犬ができあがった。

「散歩しよう」

鎖を引いて四つん這いにさせる。そのまま部屋の中をゆっくり歩いていくと、牝犬もついてきた。

大きな乳房は下がって揺れ、立派な双丘も交互にうねる。腰の細さがいっそう際立ち、たまらなく淫らだった。

うしろから眺めたくなって、先に歩かせる。股間からは透明な粘液が玉になってしたたっていた。

「止まれ」

犬は従順に膝を止めた。

「そこへ仰向けになって、服従のポーズをとれ」

犬だと思えば、自然に命令口調が出た。だが、央子はとまどった顔で振り返った。

「あなたは犬だ。首輪をつけているあいだは、僕に従わないと」

強い視線で見返すと、牝犬はとうとう負けて服従した。

頼りない童女に戻ったようなまなざしが、庇護を求めて主人を見つめる。

顎をしゃくってきっかけを与えてやると、尻をついて横たわり、四肢を軽く曲げた格好で仰向けになった。

真っ白な腹部が丸見えになる。黒絹に覆われた柔襞はぐっしょりと濡れ、おもらしをしたようだ。

「いい眺めだ」

謙三は犬の愛らしさをじっくりと見て楽しんでから、しゃがんで花芯にふれた。

従順な印の蜜液を指にたっぷりとからめ、茂みをかき分けると、珊瑚珠が硬く立ち上がっている。

「あ、ダメ！」

「Shut up ……言葉は禁止です」

「うう」と切なげな嘆きが聞こえ、人犬は唇をかんだ。

屈辱に耐える顔を見ながら、しばらく陰核をなぶる。央子はそこが弱い。強く責められると、かえって不快だという。触れるか触れないかの微妙な指づかいをすると、たちまち我を忘れた。

「ハア、アアッ」と、たえ間ないあえぎがこぼれ落ちる。全身が汗ばみ、手をギュッとにぎって足指をピンと伸ばす。

イカせるならここで甘壺に指を挿れるのだが、謙三はその下の菊花に触れた。

「いやあ、そこはダメ！」

言いつけを忘れ、あわてたようすで頭を起こす。

「言葉は禁止と言ったでしょう」

話すあいだも、指先で愛液を肛襞に塗り込める。

女社長はさらにあせった様子で、謙三の手首をつかんで押さえた。

「そんな汚いところを触らないで！」

「じゃあ、今度きれいにしておいてください」

言いながら、中指の第一関節まで埋め込む。悲鳴をあげて逃げる腰をとらえ、

「ここに尻尾をつけますからね」

と意地悪くささやいた。豊満な肢体が、急に動きを止める。

「今、注文してます」

その言葉がよほどの衝撃だったのだろう。央子は「ヒッ」と鋭く息を吸い込んだかと思うと、四肢を縮めた。

「やめて！　許して！」

泣き声で言って、謙三の腕にすがってきた。

「そう言われると、ますます楽しみになってきた」

「ああ、ああ……」

言葉にできず、嘆くばかりだったが、熱い秘裂はとめどなく潤いつづけている。

「嘘つきだな」

言って、絨毯の上に押さえつけ、薄汚いごろつきのように荒々しく犯した。

転がして片足を肩にかつぎ上げ、激しく腰を打ち込む。絨毯に擦れた髪は崩れて散り、体全体が大きく揺さぶられている。どこか擦りむけたかもしれない。

それでも央子は絨毯に爪を立てて我が身を支え、その蹂躙を受け入れた。

「尻尾」のことは、三日前の水曜日、初めて参加した緊縛会で伝兵衛に相談したのだ。すると、ゴム栓に毛皮の尻尾を取り付ければいいと言う。

作る職人を紹介してもらい、さっそく出かけていって、丸い兎の尻尾と長い狐の尻尾を注文した。

緊縛会自体はしごく真面目なもので、同じ嗜好を持つ者がほかにもすくなからずいると知っただけでもうれしかった。相方を持っている者もいたが、たいていは出し物を見たり、同好の集まりに出たりする程度だ。謙三は幸運な男だった。

首輪をつけられたまま手ひどく犯された牝犬は、絶頂後に体が離れると、手足をバタリと落として動かなくなった。しかし、口元には満ち足りた笑みが浮かんでいる。

あがった息を整えながら並んで横たわると、央子のほうから指をからめてきた。

二人のあいだにゆったりとした時間が流れる。夜の池で、何かが跳ねる小さな音がした。

「ずっと、あなたの犬でいたい」

静寂をゆらす、低くかすかなつぶやきだった。

「犬は絶対服従ですよ」

上を向いたまま言うと、からんだ手がにぎりしめられた。

「言うことを聞かなかったら、またお尻をぶって」

「ぶたれたいんですか」

答えるまで、しばらく間があった。

やがて、甘く湿った声が美しい唇を震わせた。

「ぶたれたい……あなたにならー」

絨毯の上に横たわったまま、央子は謙三のほうを向くと、目尻からこめかみへ涙をこぼした。

汗が引きはじめたしなやかな体を、人犬の主となった男は深く抱き寄せた。


「尻尾」は、すばらしい出来栄えだった。算盤玉の片方を長くしたような円錐形で、太い部分が一寸（約三センチ）ほどある。短いほうは途中で切れて円盤になっており、それ以上中へ入っていかないようになっている。

円盤の中心に、短い鉄針を入れた毛皮の「尻尾」が差し込まれていた。

ゴムの質感も重さも、手にしっくりとなじむ。

土曜日の夜に持っていくと、央子は口元をおおってベッドへ座り込んでしまった。

すでに首輪つきの全裸で、目元は赤く、大きな瞳がうるんでいる。

「思った以上の出来ですよ」

真っ白なウサギの尻尾はちょうど片手でにぎれるくらいの大きさで、柔らかく、愛らしい。狐の尻尾は八寸（約二五センチ）ほどで、長い毛足が優雅だ。

作ってくれたのは木島仙二郎《きじませんじろう》という顎の尖った三十男で、小柄だが器用そうだった。本職は指物師《さしもの》で、辻伝が紹介する客たちの求めに応じて、およそなんでも作ってくれる。

「尻尾」を手渡してくれるときには、いろいろと教えてくれた。

「いきなり入れると尻が切れちまいますから、指一本から始めて馴らし、三本入るようになったら、ゆっくり差し込んでください。油を使うとゴムが溶けますんで、こっちの通和散をお付けしておきます。ふのりと葛粉を練ったものですから食べてもどうってことありません。最初は尻の締め方がわからなくて抜けやすいですからね、狐よりも兎のが軽くていいでしょう」

ゆきとどいた指示が、たいそうありがたかった。

「それと、尻へ一度でも入れたものは、前の壺へけっして使っちゃいけません。洗ってもダメです。ゴムにしみ込んだうしろの汚れが前へ移って、女のあそこに菌がわきます。子供が生まれてくる大事な通り道ですからね、気をつけてやってください」

細やかな忠告に感心しながら、しっかりと受け合った。教えられなければ、知らずにやってしまうところだった。

ゴム栓の部分をこわごわ持って「尻尾」をなでていた央子は、「可愛い」とつぶやいて頬に押し当てた。その姿は、なにやら神々しかった。

謙三は、裸になっても上品な人犬を四つん這いにさせ、腰を高く上げさせた。シーツに手をついたまま、すでに息を荒くしているのを見ながら、通和散を手のひらに取る。

言いつけを守ったらしく、犬の肛門は清潔だった。

「きれいにしてありますね」

ゆうべから何も食べていないのだと言う。通じをすませたあと、死ぬ思いで指を一本挿入して中を洗ったと聞いて、謙三は笑みを浮かべた。

排泄をする穴のことなど口にするのも恥ずかしい育ち方をした貴婦人が、一人でそこを洗っている姿をつい想像し、微笑ましかったのだ。

「いい心がけですね」

こみ上げる愛しさを中指にこめ、菊花の中心に差し込んだ。前穴とは違う強い締めつけがきて慎重になるが、入り口を越えると熱い腸壁に取り巻かれた。膣よりも指にあたる感じが分厚くなめらかだ。

ゆっくり回転させると、枕に横顔を埋めていた央子は、固く目をつぶって眉を寄せた。さらに前後の動きを加えて抜き差しすると、耐えがたいようすで呻いた。

「あっ、うう」

「まだ一本ですよ。三本まで入れますからね」

抑揚を抑えた冷徹な言い方をしたが、それがまた央子の被虐癖を刺激したらしかった。両手はシーツを握りしめ、肛花に挿入した指の根元にあふれた膣液がからまってくる。

「あなたに通和散は必要なかったですね」

言葉と指で存分になぶると、肛門筋がゆるんできた。指を二本にしても、多少の抵抗はあったがすんなり呑み込む。

「いいですね。だいぶ柔らかくなってきた」

本人は排泄感と圧迫感で「いい」どころではないのだろう。枕に頭をすりつけ、唇を噛みしめている。さらに通和散を足して、指を三本に増やした。

「あああ！」

初めて悲鳴があがった。

振った。

「痛みますか」
切れてしまうと台無しになる。挿入を途中で止めて尋ねたが、貴婦人は無言で頭を振った。

「……驚いただけ」
切れぎれの息の合間にそれだけ言う。すでに全身がうっすら汗ばみ、髪もほつれて頬にかかっている。

筋肉の抵抗を確かめながら指を沈めていくと、第二関節まで入った。菊襞は伸びて濃い珊瑚色をのぞかせている。

そのまま軽く回転させながら前後させ、馴らす。
うめきやすすり泣きはいっそう高まった。
頃合いを見て指を引き抜き、兎の尻尾を取り上げる。毛皮を汚さないよう通和散をまぶし、ゆるんで襞の盛り上がった菊門にあてがった。

「入れますよ」
声をかけておいて、先端を挿し入れた。

「あああっ」
震えをおびた声とともに、背中が緊張する。

「力をぬいて」

襞の伸び具合をよく見ながら徐々に押し込んでいく。いちばん太い部分にさしかかると、さすがに叫び声があがった。

「だ、だめ！　これ以上は無理！」

しかし謙三の目には充分いけそうに見えた。懇願を無視し、思いきって押し入れる。

「ああ、あっ、キャァァァ！」

「尻尾」はきつい肉の輪を通り抜け、ぬるりと根元まで収まった。

央子は涙をにじませ、あえいでいた。肛襞は切れていない。

「痛い？」

訊くと、人犬はかすかにうなずいた。

「体が割れて、壊れるかと思った。痺れているよう……ジンジンする」

未経験の穴開きは、よほどの衝撃だったようだ。痺れるように痛むということなのだろうが、硬い筋肉を無理やり広げたのだから当然だ。

しかし、ながめは最高だった。

首輪をした貴婦人が、四つん這いになって痛みと恥辱に全身を染め、高く上げた尻から丸く可愛らしい尻尾を生やしている。

「散歩しましょう」

使った指を消毒液でぬぐいながらそう言うと、

「動くと抜けそう」

情けない声が返った。

作ってくれた仙二郎の言ったとおりだ。

謙三は尻尾を押さえてやり、床へ降りるのを手伝ってやる。

首輪に鎖をつけて四つん這いの体を引くと、央子は再び泣きそうな顔を上げた。

「苦しいの。すぐ抜けそうになる」

「意識して、しっかり締めて。抜けなくなるまで訓練しますからね」

白い頤を左手ですくいあげ、軽く揺すりながら言い聞かせた。

「さあ、歩きますよ」

頰を軽くたたいてもう一度鎖を引くと、人犬もおぼつかない膝使いでついてきた。ときどき「ああ」と言って歩を止める。そのたびにうしろへ手をまわして尻尾を押さえる。それをくりかえしながら洗面所まで歩かせ、立ち上がらせた。

大理石の洗面台には大きな鏡が付いていた。

後ろを向いて振り返り、尻尾付きの自分を見た央子は、前に立つ主の胸にしがみついた。

「ああ、ああ」と興奮した声をあげ、左右に尻を振って見る。

最後に「うれしい」と叫んで、男の胸に顔を埋めた。

押しつけられた乳房を下から揉みあげる。噛みつくような接吻をして、舌を吸う。尻尾をにぎってゆすると、腕の中の体がもがいた。

それを両腕で締めつけながらなおも責める。

この体を思いどおりにしたい。意思を抑えつけ、感じさせ、狂うまで犯したいという強い衝動にかられていた。

「尻尾」を抜き取って大理石の上に置くと、洗面台へ手をつかせ、尻を突き出させた。

そして、双丘をつかんで割り広げる。

濡れてほころんだ肛花は襞を完全に収めることができず、次の責めを持っているかのようだ。

膣口はもっと溶けてふやけ、内腿にもたっぷりと愛液が広がっていた。

謙三は前穴のぬめりをすくって男根にまぶすと、分厚い尻肉を限界まで広げ、菊門に突き込んだ。

それは、まちがいなく「尻尾」以上の太さだった。前触れもなく主に肛姦された牝犬は、高価な石壁に悲鳴を反響させ、頭を反らせた。

初めて味わう後口は、根元が締まってたとえようもなく気持ちがよかった。馴らした直腸の内部は熱を持ち、ほどよくからみついてくる。

本来そのような目的に使うところではない場所を犯している背徳感も、彼の嗜虐心を昂らせていた。

固い肉輪を無理やり広げられた牝犬を気づかうのもそこそこに、前後に大きく腰を振る。

散々揺さぶって快感につめていた息を吐き出すと、首輪の上でゆわえてある髪を鷲づかみ、犬の頭を上げさせた。

鏡に映ったのは、眉を寄せ、泣きながら喜悦にあえぐ女の顔だった。

さらに激しく奥をうがつと、その表情はますますゆがんで崩れた。

あきらかに、央子は後花で感じていた。

「ああ、あっ、もっ……裂いてぇ！　壊してぇ！」

大理石に爪を立て、あらぬことを口走る。

謙三は頂点が近かった。いつもは抜き取って外へ射精するが、直腸なら妊娠の心配はない。

「出すぞ！」

恫喝するような声で言い放ち、思いきり遂精した。

久しぶりの快美感が腰から頭へ抜けていく。

出し切って体を離すと、央子は崩れ落ちて床へ座り込んだ。目はぼんやりと空を見やり、乱れた髪が顔の半分をおおっている。

まだ息も整わないまま「大丈夫ですか」と、片膝をついてのぞきこむと、視線も合わせずに男の股間へ両手を伸ばした。

そして、白いしずくのついた半生の陽物をにぎると、いきなり頬張った。

汚いと毛嫌いし、名称を言うのも嫌がっていた場所から出てきた主の肉棒を、牝犬は無心にしゃぶった。

「尻尾」つけや肛姦を、央子はかなり気に入ったらしく、その後の逢瀬ではいつも後口をきれいにして待っているようになった。

人間扱いされず、主の意のままになるのがむしろうれしいのだと言う。排泄口を使う異常さも陶酔を生むようだった。

謙三は、緊縛会に欠かさず顔を出し、縛りの技術とともにさまざまな情報も手に入れた。

「バイブレター」なる舶来の美顔器の話を聞いたのは、そろそろ初霜が降りようかという頃だった。手に持って使う拳銃のような形をした電気器具で、先端が細かく振動してクリームを肌に浸透させるのだという。

顔ではなく別のところへ当てて楽しむこともできそうだと、会の男たちのあいだで評判になったが、高価なうえに変圧蓄電池《バッテリー》を必要とする。ゼンマイ仕掛けでも振動だけならできそうだが、強弱の調節がむずかしいだろうという話になって終わった。

緊縛会の雰囲気は万事そんなふうで、どうすれば女を悦ばせることができるかということにかけて、これほど熱心な男たちもおるまいと思うほどだった。

肝心の緊縛の腕は、すこしずつ上達していた。しかし、強すぎず、弱すぎず、神経を痛めない範囲で適切に縛ることは、案外むずかしかった。

アングル・ハウスでは、練習をかねて央子をよく縛るようになった。彼女のほうでもそれを喜び、ついには天井に真鍮の輪を二つ取り付けさせるという凝りようだった。

直径が二寸（約六センチ）ばかりの金色の輪は、なにかの飾りのようで、その目的とは裏腹にずいぶん優雅に見える。洋風の室内に合うよう、取り付け部分の金具も吟味されていて、その趣味の良さはさすがだった。

取り付けが終わった晩、籐椅子を輪の下に置き、乳房を縄で上下に挟んで後ろ手に縛った女主人を座らせた。

すでに縄酔いが始まっていて、目つきはとろけ、紅をさした唇が半開きになっている。

両足を開いて太腿と膝裏に縄をかけると、縄尻を左右の輪に通し、引いて止めた。背もたれが頭の上まであるモダンな椅子の上に大股開きで固定され、秘裂を惜しげもなくさらす貴婦人の像は格別な美しさだった。

さらに仕上げとして謙三が取り出したのは、篠竹でできたハミである。唇を割って噛ませ、両端についた革紐を頭のうしろで縛る。これで話すことも動くこともできない縄奴隷になった。

央子は苦しげだったが、まなざしも吐息もしっとりと艶めいていた。何より、縛られた姿そのものが、謙三を興奮させた。

自然な体の線もいいが、縄で強調された乳房は嗜虐心をそそる。つかんで、ひねって、つぶしたくなる。

自由を奪い、言葉さえも禁じて、女の淫らな欲をさらす拘束は、男の支配欲を大いに満足させてくれた。

しばらく眺めていると、ハミの端からヨダレがこぼれはじめた。陶然としていても恥ずかしいのか、「うう」と声をあげる。

罰を与えてやりたくなって、乗馬鞭を取り上げた。チップの先で太腿の内側に軽くふれる。「フウ、フウ」と大きな息音がして、視線が許しを求めてきた。

「行儀悪くヨダレを垂らした罰です」

宣言しておいて、両腿の内側を数回ずつ打った。あらかじめ尻の下に敷いておいた手拭いが、いっそう粘液で湿って間に合わなくなる。

「グショグショだな」

からかって羞恥を与え、畳んだ花紙をあてがってから、乳房の先を打った。すこし音がする程度で、大きな痛みまではいかない刺激である。

拷問のような苦痛でないかぎり、手のひらや鞭での軽い打擲を、央子はたいそう喜んだ。

「この前の会で、西洋の責め絵を見せてもらいましたよ。白人女が、大きな乳房を串刺しにされていた。肉を焼くための太い金串で、左右の乳房をつないであるんです」

乗馬鞭の先で、両乳房の外側を二、三回ずつたたく。自分がされるところを想像したのか、目が恐怖に見開かれる。

「ここから入って」と言って左の外側を強く打ち、「ここへ抜ける」と言って右の外側を打った。

縄奴隷は甲高い悲鳴をあげて、不自由な頭を限界まで反らした。

乳房には赤い鞭痕がついている。謙三はその赤い痕に指先でふれた。

「いつか、してみたいな」

本心であるような、ないようなつぶやきだった。

自分でも、いったいどこまでしたいのかわからなくなるときがある。

大切な人に取り返しのつかない傷などつけたくはないが、責めの限界を試してみたいときもあるのだ。

央子は、謙三を見つめながら泣いていた。

「してほしいですか」

訊くと、目を閉じてすすり泣き、首をかすかに揺らした。それは肯定とも取れる動きだったが、本当のところ彼女自身にもわからないのだろう。

ハミをはずして足の縄をほどき、椅子から立ち上がらせる。よろめく体を両腕ですくい上げると、ベッドへ運んだ。

第三章　夢想する子犬

逢瀬は夜ばかりでなく、央子の都合で昼になることもたまにあった。

あと一週間で大正三年も終わりという土曜日の午後。人犬に首輪と狐の尻尾をつけさせ、四つん這いで歩かせていた謙三は、視線を感じて窓を見た。人影がサッと隠れたような気もするが、レースのカーテン越しだから定かではない。

お楽しみが終わって、身支度をしているときに、そのことを話してみた。

「もしかしたら、誰かに見られたかもしれません」

この関係が公《おおやけ》になっていいわけではないが、もし明るみに出たとしても、央子自身にたいした影響はないのだと言う。

以前、話してくれたことだが、彼女は未亡人であるし、大会社の社長としての人望もある。若い愛人を一人や二人囲ったところで、誰も文句は言わないだろうと笑っていた。

心配はむしろ謙三のほうで、社長と愛人関係にあると知れたら、職場ではまちがいなく居心地が悪くなるだろう。そのおかげで入社できたのかと必ず疑われるだろうし、やっかみで足元をすくわれ、仕事に影響が出るかもしれない。

「それに、いずれは結婚もするでしょう。年上の女とこんなただれた関係を持っていると知れたら、お相手の方やご家族もいい気はしないでしょう」

「あなたと結婚する」と、本当は言いたいところだったが、まだ、そう言い切れるだけの力も度胸もない。

央子は「影響ない」と言うが、そこはやはり女だ。いくら財力・権力があって、未亡人だとは言っても、男が妾を囲うようなわけにはいかないだろう。陰では、きっとなにかと言われるに決まっている。

心から敬愛する女性を、ゲスな噂の種になどしたくなかった。

「はっきりと見たわけではないのですが、用心したほうがいいかもしれません」

「そう」

鏡の前でヘアピンを口にくわえ、ほどけた髪を手早くまとめている央子はあわてたようすもなく、笑みさえ浮かべる。もうすっかりいつもの社長の顔だ。

「さっき、下の娘の女学校時代のお友だちが来ていたの」

今年四十歳になる彼女には息子が一人と娘が二人いた。二十一歳の長男は帝大生で、二十歳の長女はすでに嫁《か》している。次女の佳世子《かよこ》は十八歳で、日本女子大へ通っていた。

「士族の娘さんなんだけど、来年三月に九州の炭鉱主のところへ後添えで嫁ぐんですって。相手は確か六十三歳とか言ってたわね。お妾が五人だか六人だかいて、子供が何人いるのかもよくわからないそうよ。素直で親思いの娘《こ》だから、家を助けるために承知したのね」

維新後、士族となった者たちはさまざまな事業を始めたり、農地開拓に乗り出したりしたが、うまくいったほうが少なかった。気位は高いが、経済的には恵まれない家庭が多い。

「六十三……」

祖父と孫みたいなものだ。男としては「うらやましい」と言うべきだろうが、そこまで脳天気にはなれない。

「相当の覚悟ですね」

「それだけの覚悟をして行っても、年寄りの財産狙いだろう、死ぬのを待っているんじゃないかって悪口を言われるのよ。開き直れるほど厚かましければいいんだけど、優しい娘ほど傷つくでしょうね」

男のほうに財力があるため、女が揶揄されるのは仕方のないことだったが、嫁ぐ娘の気持ちを思うと痛ましい思いが募った。

「そうだわ！　あなた、あの子を……美冬《みふゆ》さんというのよ、篠崎《しのざき》美冬さん。彼女を喜ばせてあげたらどう」

「えっ」

急に何を言い出すのかと思って央子の顔を見る。

「あなたは今日初めて気づいたようだけど、私はこれまですくなくとも二回見かけたわ。今もその窓の下にいるんじゃないかしら」

「ええっ？」

半信半疑でそっと寄って見ると、頭に結んだリボンの端がヒラリと舞って窓枠をかすめた。どうやらしゃがみ込んでいるようだ。

「ダメよ、知らんふりして」

小声での指示に、また音を立てずに戻る。

「たぶん、私たちのやっていることにすごく興味があるのよ。私は知らないことにして、あなたが彼女を誘惑してみて」

「いや、それは……」

ほかの女性とするのは裏切りではないか。しかし、それを勧めているのは当の央子自身である。

「嫁ぐまでに、いい思い出を作ってあげたいの。もちろん貞操は守ったままよ。縛ったり、人犬にして、お散歩させてあげるのはどう」

「あなたは、気にならないんですか」

「あら、案外まじめね」

華やかに笑う女主人に屈託はない。

「亡くなった父から教わった経営の極意を、特別に教えてあげましょうか」

どうしてここで仕事の話になるのかよくわからなかったが、とりあえず「はい」とうなずいた。

「自分だけ儲けようと思うな。世のため人のためになるにはどうすればいいかを考えろ。そうすれば自然とお金は入ってくる」

なるほど、と思った。たしかに永徳通運の経営方針そのものだ。

「まず、お客様に喜んでいただくためにはどうすればいいかを考えろ」と、先輩たちによく言われる。その次に大事なのが、「自分がそれを面白いと思えるかどうか」だった。

「もし、あなたが嫌じゃなかったら、これからも必要としている人たちに遠慮なく分けてあげて。この世にしあわせな女が増えるのはうれしいもの」

微笑む美しい顔には、慈愛が満ちあふれていた。

永峰央子という人に、改めて敬服せずにはいられなかった。人間の器が違う。

二人そろってアングル・ハウスを出ると、女主人は母屋へ戻って行き、謙三はこっそり裏手へ回った。

そっとのぞくと、椿柄の着物の上に赤いビロードのコートを着た人影が見えた。池に向かってゆるやかに傾斜する草地で膝をかかえ、視線を水面に投げている。

この寒いなか、やはり帰らずにいたのだ。

自然な優しい眉。透き通るように白い肌と細い鼻梁が、束髪の小柄な娘をいっそうはかなげに見せている。

謙三は驚ろかさないよう、おだやかに声をかけた。

「考え事ですか？」

ハッとした表情で振り向いた顔は、十八歳よりも幼く見えた。

あわてて立ち上がって、駆け出そうとする。

「待つんだ！」

男の強い声に、若い娘の足が止まった。アングル・ハウスの外壁を背にして、子犬のような怯えた瞳を向けてくる。

ゆっくりと近づき、三歩手前で立ち止まった。

「僕たちを、見ていたね」

言って、窓の中へ一瞬視線を飛ばして示し、さらに一歩近づいた。

謙三の胸までしかない少女は、唇を震わせたものの動かない。

また一歩進めて、その気になれば捕まえられる距離まできた。

「あの……おばさまにご挨拶をと思って来てみたら、あ、あの……す、すみません！来てはいけないと知らなくて。誰にも言いません！本当です！」

急にまくしたてたかと思うと、美冬は胸の前で祈るように両手を組んだ。

今にも泣き出しそうな顔だ。

「咎《とが》めてるわけじゃない。もちろん、誰かに言ってもらっては困るけど」

脅しに聞こえないよう笑みを浮かべ、ひと呼吸おいてから続けた。

「見たら、目が離せなくなった？」

それは意外な問いだったのだろう。「えっ」と言って、驚いた表情のまま固まった。

「君も、してみたい？」

まっすぐ見つめながら重ねて問うと、吐息を乱し、ためらうようにうつむいた。

十二月の冷たい風に当たって、鼻の先が赤くなっている。最初から見ていたとしたら、二時間は外にいたことになる。

「答えを待っていたら、風邪をひきそうだな。おいで」

謙三はコートの袖に隠れた手を取ると、大股で歩き出した。

「あの！　どこへ行くんですか！　困ります！」

本物の怯えが冷えた手から伝わってくる。

「中へ入って話を聞くだけだ」

そっけなく言って、玄関まで連れてくると、ドアの鍵を開けて中へ引き込んだ。まだヒーターの温もりが残っていて、戸外よりだいぶ温かい。

初めてアングル・ハウスに入ったと言う美冬は、瀟洒なホールを遠慮がちに見回した。

「ここで話を聞こう。君もそのほうが安心だろう」

「はい……」

いくぶん後悔のにじむ声で言って、古裂《こぎれ》を繋いだ美しい手提げの紐を両手で握りしめる。

これまで生きてきた人生がひっくりかえるようなことだ。そう簡単には答えられないだろう。

「さっきも言ったが、咎めるつもりも脅すつもりもない。ただ、本当にしてみたいなら、誰にも知られずに手助けをしてあげられる」

おだやかに説明すると、ややあって意を決したように顔をあげた。

「ああいうのを初めて見て、びっくりして……でも、だんだんおばさまがすごくうらやましくなって……私はもうお嫁に行くんだからと思っても、頭から離れなくて」

言っているうちに、美冬は泣き出した。

「君自身の事情は話さなくていい。いつから知ってたんだ」

「……二カ月くらい前から」

もともと永峰家の庭池が好きで、佳世子を訪ねてくるついでに、よく一人で見に来ていたのだという。

あるとき偶然、アングル・ハウスの窓に人影が動くのを見て好奇心にかられた。央子が一人で過ごす離れだと知っていたから、安心感もあった。

びっくりさせるつもりで窓からのぞいたところ、とんでもないものを目撃してしまったというわけだ。

首輪をつけて四つん這いで歩く姿や天井の金輪から両足を吊られて責められているところ、ハミや猿轡をされ、苦しい姿勢で縛られているところなどを見たらしい。

「一度目はただ驚いただけでしたが、うちへ帰っても忘れられなくて、夜も眠れなくなって……どうしてもまた見たくて……」

今日で三回目なのだという。央子の観察眼はたいしたものだ。

「どこがいちばん、うらやましかった？」

「そ、それは……」

言っていいものかどうか、美冬は迷っていた。それを言ったとたん、普通とはちがう自分の嗜好を晒すことになってしまう。

だが、ここまできて隠しても仕方がないと悟ったのだろう。

「い、犬です。犬扱いされて、苦しいことや恥ずかしいことをさせられているところが、うらやましくてたまりませんでした」

「首輪をされて、四つん這いで歩かされたいんだね」

「ええ……ええ、そうです！」

「犬として恥ずかしいところを見せたり、縛られて苦しい思いをしたいんだね」

「ええ、ええ」とうなずきながら、少女はまた泣いていた。

「あの、私にもしていただけないでしょうか！　なんでもおっしゃるとおりにいたします。お願いします！」

親に逆らったことのない模範的な娘としては、ありったけの勇気を出して言ったのだろう。もはや時間が限られているということも、おとなしい彼女の一大決心を促したのかもしれない。

「いつなら来られる？」

迷う暇を与えずに訊くと、「三十日木曜の午後なら」という答えが返った。

「五日も待たないといけないのか。寂しいな」

恋に落ちた男のようなセリフに、少女はハッと息を呑んで胸を押さえた。男とのこういうやりとりも初めてなのだろう。

「時間は短くてもいい。平日の夜に来られないかな」

逡巡しながらも、丸い瞳が左右に動いて会える日を探す。

「月曜日なら、夕方少しだけ。午後にお茶のお稽古があるので、そのあと来られます」

「じゃあ、五時半にここで。裏口を教えよう」

たとえ三十分でも、できることはある。

向き合って話すうち、この小柄な少女を護《まも》ってやりたい気持ちが抑えがたく湧き上がってきた。

「護る」といってもたかが知れているが、しばらくのあいだつらい現実を忘れられるよう、できるだけのことをしてやりたい。

また、若く健康な男として、同時に複数の関係を持つことに新鮮な興奮を覚えてもいた。

裏口の扉から美冬を先に出すと、十分ほど待って謙三も外へ出た。

永峰邸の煉瓦塀に沿って歩きながら、さて何から始めようかと考える。

とりあえず首輪は必要だ。彼女なら赤い首輪がいいだろう。

暗くならないうちに店へ着かなくてはと、彼は足を早めた。


約束した月曜日の夕方。薄紫の江戸小紋に身を包んだ美冬は、緊張をかくせない様子でやってきた。

「すみません。お待たせしましたか」

「いや、今来たところだよ」

いられるのは一時間だ。

帯締めに手をかけ、目を見ながらほどく。

帯のお太鼓が、うしろでパサっと音を立ててほどける。

胸元の帯揚げの結び目もほどくと、錦糸を織り込んだ帯が足元へ輪になって落ちた。

伊達締めや紐もほどいて小紋を肩から滑り落とすと、美冬は一瞬目を閉じた。頬に血が昇り、息づかいが激しくなる。

謙三は一歩下がり、「あとは自分で脱ぎなさい」と命じた。

小柄な少女は「はい」と小さく返事をし、襦袢の紐をとって前を開いた。

手が震えている。

湯文字と肌襦袢を残すだけになって、動きが止まった。

「どうした。この先はもうしなくていいのか」

親以外、誰にも見せたことのない肌をさらそうというのだ。ためらって当然だが、人犬の主として甘えを許すわけにいかない。

「まだ人間でいたいのか。お前は犬なんだろう?」

その言葉で、真面目な孝行娘は被虐の坩堝《るつぼ》に落下した。

うわずった声で「あ、あ、あ」と言ったかと思うと、あきらかに今までとはちがう光を宿した目で謙三を見つめる。

すべて脱ぎ落とすと、小さく未熟な乳房と足の付け根の淡い茂りがあらわになった。体の前を本能的にかくそうとする手をつかむ。

「手はうしろで組みなさい」

今度の命令にも美冬は従い、身を捨てた従順さを見せる。

赤い首輪をつけてやると、涙ぐんだ。

「正座して、両手を真っ直ぐにしたまま前につきなさい……そうだ、それがおまえのお座りだ」

言いつけどおりにできた小犬の頭をなでてやる。

「待てと言ったら、いつもその姿勢を取りなさい」

「ご主人様、ありがとうございます」

教えたわけでもないのに、自然と言葉が出たらしい。ためらいのない一途さで、子犬はじっと「お座り」をして待っていた。

「よし、散歩をしよう」

首輪の前に鎖を繋ぎ、引っ張ってやる。小犬は膝をついた四つん這いで、素直についてきた。

骨組みが華奢で、尻は子供のような大きさしかない。きめ細やかな背中は滑らかで、青く底光りしているような初々しさだ。

きちんと結った束髪は艶々として、そこだけが人間世界の秩序を残している。

驚いたことに、股間からはサラサラとした粘性の少ない愛液がしたたり落ちていた。美冬には尻尾を使わないと決めている。たとえ肛門でも、処女の体に異物を入れるようなことはしたくなかった。

部屋をひと回りしたあとは、ベッドへ上がるように命じた。

ちらりと振り返った顔に、怯えと疑念が浮かぶ。

謙三は「心配するな」と受けあった。

「体を汚すようなことはしない。人の心を奪うだけだ」

床から見上げる澄んだ瞳に、大粒の涙が浮かぶ。しゃくり上げて立つこともできなくなった小犬を、抱き上げてベッドへおろした。

泣き顔をかくそうとする手を頭の両側に開き、拳を握るように言う。右手首と右足首、左手首と左足首をそれぞれまとめて縛って、天蓋を支える左右の柱につないだ。

処女の体の前面が、くまなく電灯に照らされる。

もう涙は止まっていて、あえぐだけの淫らな生き物に変わりはじめていた。

仰向けになると、いよいよ乳房は脇に流れて形がなくなり、小さな紅珊瑚だけが胸に尖っている。茂みの下には、輪郭のはっきりした汚れなき陰部が複雑な襞を刻み、硬い菊のすぼまりも見えた。

「見られて恥ずかしいか」

「は、はい……でも、犬は恥ずかしがってはいけないのです。ご主人様にはなんでもお見せしなければならないのです……卑しい犬なので」

美冬は決まったセリフを言っているかのようだった。

見てしまった場面を思い返しては、眠れぬ夜を過ごしたこの二カ月間で、彼女の中に「可哀想な人犬の物語」が出来上がったのかもしれない。

これまでの経験から言うと、被虐の喜びを知る女たちは、総じて発想が豊かであり聡明だ。

ありあまる知性と勤勉さで欲望の扉をふさいではいるものの、ひとたびそれが開けば驚くほどの想像力を発揮し、独自の世界を創りあげる。

謙三は一尺（約三十センチ）あまりの柔らかい革のパドルを持ってくると、敷布に沈む肉の薄い双丘をピタピタと打った。

そんなちょっとした刺激でも、子犬は大きな声をあげてよがった。

「ああ、あっ、ああー！」

またしても愛液があふれ、謙三は花紙を厚く折って尻の下に当てがってやる。

「打たれるのはうれしいか」

「……はい……もっと……打ってくだ……さ……」

あまりにも感じすぎて、しゃべるのも苦しげだ。なでるよりもやや強いくらいの力で身体中を打ってやると、縄を軋ませながら可愛い声で鳴いた。

処女膜の奥からあふれでる粘液は股間に洪水を起こし、まちがって井戸を掘り当てたかのようだ。

指で花びらを広げ、淡い色の膣口をじっと観察する。細かい襞が貝の口のように閉じ、禁断の香りを虚しく撒き散らす。

いっそう息が荒くなるのを見ながら、陰核の包皮をむいて先端を露出させると、小さくなんども痙攣してイキかけた。

あまりの敏感さに、ふと疑念が生まれた。

「自分でいじったことがあるのか」

子犬は顔をそむけて真っ赤になった。

思わず苦笑がもれた。大切にしなくてはならない処女だと思っていたが、この娘の好奇心は想像以上だったらしい。

「自分でどうしたのか話してごらん」

優しく言ってみたが、なかなか口を割らない。

「命令だ」と強く言うと、やっと観念したように語りはじめた。

「窓から見たことを思い出すと、おそそが疼いてどうしようもなくなって……さわりました」

「どうなっていた」

「たくさん……濡れていました」

「中へ指を入れてみたのか」

処女は、激しく首を振った。「そんなことはしていません」と、必死に言う言葉に嘘はなさそうだ。

「まわりを広げていじったのか」

「どこがどうなっているのかわからなくて、自分でもどこをいじったのかわかりません。でも、とても気持ちがよくて……身体中に力が入って、頭が真っ白になりました」

　では無自覚のうちに絶頂を経験したのかと、謙三は感心する。

「淫乱な犬だな。これはしつけが必要だ」

　言葉とは裏腹に、もっと気持ちよくしてやらなければという思いが強くなる。

「頭が真っ白になったのは何回だ」

「……さ、三回です」

　どんなしつけをされるのかと、怖くなったのだろう。声が震えていた。

「一回につき、一発ずつ打つ」

　どこを打つか言わずにそう宣言すると、縛られた手足が縮んで性器全体が奥へ引っ込んだ。愛液の量は逆に増し、あてがった花紙を取り替えなければならなかった。

　謙三はパドルを持ち直すと、開いた女陰をすこし強めに打った。濡れた打音が響いて、子犬の泣き声があとを追いかける。三度続けて打つと、小柄な体が大きく痙攣し、あっけなくイッてしまった。

　謙三のほうが圧倒されるような性女ぶりだった。知識や経験がないだけに、頭の中で練り上げられた服従の物語は、純粋で強い愉悦を引き出すのだろう。

　気を失ったかのように動かない美冬の縄をほどき、首輪もはずしてやると、小さなため息がこぼれた。

「ありがとうございました」

かすれ声で礼を言う。それでもまだ目は閉じたままで、手足も動かない。

謙三はベッドに腰掛けると、額や頰に貼りついたほつれ毛をかきあげてやった。

「今日はこれで終わりにしよう。もう時間だ」

「……はい」

「またしたくなったら、連絡して」

下宿に電話か手紙をくれればいいと告げると、潤んだ丸い瞳が開いて、見上げてきた。

「明日……明日もこの時間にきます。ダメですか」

言葉の途中から体を起こし、すがるように訴えてきた。

明日は仕事納めの二十八日で定時に帰るのはむずかしい。今日も、すこし無理を言ってきたのだ。

「六時過ぎでないと帰れないが、それでは君のほうがダメだろう。昼間はどうかな？お昼休みの十二時半から一時までだけど」

外回りの挨拶に行くと言えば、なんとかなりそうだ。

「わかりました。来ます」

例え都合が悪くても彼女は来るだろう。そういう思いつめた様子が見えた。

翌日の三十分の逢瀬は、最初から尻を打つことにした。

理由はいらなかった。美冬のほうからそうしてくれと頼んできたのだ。

「犬として打たれると、安心するんです。おかしな話ですが、そうされると、ご主人様に可愛がっていただいているような気になるんです」

謙三は喜んで承知した。

首輪をつけて、立ったままベッドの縁に手をつかせ、腰を高く上げさせる。

子犬の股間は、すでに期待で濡れて光っている。

「数を数えなさい。どれだけ主に可愛がられたか、数で覚えて帰るんだ」

「はい」

その返事は、涙で潤んでいた。

恐怖や悲しみからではない。あまりにもうれしくて興奮し、自分を抑えられなくなった涙だ。

できるだけ傷は残したくないと思い、昨日と同じ柔らかなパドルにする。

ひと振りすると、よくしなる革が、少女の尻に薄赤い痕をつけた。

弱い力で打っても、積み重なるとけっこうな痛みになる。左右十発ずつを数える頃にはそうとうつらくなっていたはずだが、小さな尻は逃げなかった。

掛け布団をギュッと握りしめ、細い足を真っ直ぐに伸ばして踏ん張っている。

赤い痕を手でなでてやると、「うう」と小さくうめいた。

身支度の時間をみても、あと八分ある。迷ったが、今日はこの責めひとつに絞ると決め、再びパドルを振るった。

角度をすこしずつ変え、まんべんなく打つ。百をすぎたあたりから美冬の息づかいが甘く変化し、恍惚とした表情を浮かべるようになってきた。

同じ調子を保ってなおも打ちつづけると、背中が波打ち、悦楽の声を放ちはじめた。

「ああ、もっと……」

打たれることに陶酔した子犬は、自ら双丘に手をかけ、美肉の割れ目を主に差し出した。

謙三は、立ち位置を変えて薄い背中を左手で押さえつけると、粘液に濡れそぼる襞を強めに打った。

甲高い嬌声があがって、伸ばした足がガクガクと震え出す。

陰核まで届くよう、さらに続けて三回打つと、人犬は身体中を震わせて絶頂した。

打数は百二十三回だった。

大晦日までの三日間、美冬は家事手伝いの合間をぬって毎日会いにきた。いつも一時間ほどだったが、前日に翌日の約束をして帰っていく。

正月三が日は、謙三も水戸へ帰省したためさすがに休んだが、その後も週に四日は通ってきた。

暮れに打った双丘には、一週間近く紫色の痣が残った。

緊縛会の先達に聞くと、こういうのは馴れがあって、最初は腫れて内出血もひどいが、だんだん肌が丈夫になっていくそうだ。

青紫になるようなのを四、五回経験すると、よほど強く打たない限り、赤い痕が一日、二日残る程度ですむようになるらしい。

もっと進むと、臀部の皮膚が毛羽立って毛穴が硬く盛り上がり、普段でもザラザラした手触りになるという。

美冬は痣が消えるのを寂しがったため、三日とあけず尻を打つようになった。しかし、毛羽立つのは困るので、軽いものを数多く打つようにした。

双丘に限定したのは、それなら家人に見られても、ひどく転んで尻餅をついたと言えばすむからだ。

彼女はまた、猿轡も喜んだ。それも、何重にも手拭いを巻き、上から革で覆うような厳しいものを好んだ。

「息をするという当たり前のことを制限されるのが、たまらなくうれしいのです」

それはほかの人間的な行為についても同様で、立ったり座ったりはもちろん、排尿まで許可制にすると言ってやると、めまいを起こすほど興奮した。

節分をすぎた土曜日の午後、全裸の子犬をバスルームへ連れていって、洗面器の上にしゃがませた。人ではないから、便器は使わせない。

洗面器は、下宿でもらってきたアルマイトの使い古しだ。凸凹して所々灰色に変色している。洗ってはあるが、見た目が清潔とはとても言いがたい。

そのみすぼらしさが、人ではない生き物の便器として最適だった。

小水はなかなか出てこなかったが、犬奴隷はがんばって集中しようとしていた。

清楚な顔が薄紅色に染まり、長い睫毛が震えている。

しばらくして、やっと少量ずつの放尿が始まった。出ては止まり、出ては止まりを繰り返し、ようやく二合ばかりの尿がたまる。

まだ犬になりきれていないことを、美冬は恥ずかしく思っているようだった。

すべて出し終わると、洗面器の脇に正座し、「ご主人様、終わりました」と言って行儀よく頭を下げる。そのあとは洗面器を捧げ持ってバスルーム内にある便器まで運び、中身を流す。それから器を洗って伏せるまでを、自分の仕事としていた。

主である謙三は、よくできたご褒美として奴隷の好きな責めを施す。

今日は、さらしと革で猿轡をし、両手をまとめて小さな革袋で包み、縄で縛って天井の金輪から吊った。

革袋はより拘束感を高める意味もあったが、もっぱら手首に縄痕をつけないためのものだ。吊ったといっても、足は床につけたままである。

細い体は暮れよりも艶を増し、心なしか丸みをおびたように見える。乳房もいくぶんふっくらとし、乳首は腫れて淫らな光沢を放っていた。

「すっかりいやらしい体つきになったな」

貶めるような言い方をしても、鼻まで覆う黒革の隙間から苦しげな息がもれてくるばかりだ。眉はひそめられているが、目元は性の昂りに赤らんでいる。

謙三は奴隷の腰に縄を回すと、「足を開け」と命じた。股間はすでにグッショリと濡れ、内腿にも粘液が伝わっている。猿轡だけでそうなってしまうのだ。

「おまえのはしたない割れ目を封じる」

重々しく言って二重にした縄を陰谷に渡し、きつく喰い込ませた。もれてくる息が小刻みになり、目が見開かれる。

縄二本が陰唇に埋もれて見えなくなるまで締め上げ、腰縄に結びつけると、くぐもった悲鳴がこぼれた。

両足を閉じさせ、膝頭と足首を、痕がつかないよう手拭いでまとめて縛る。

腰縄を両手で持って揺すってやると、小柄な全身から汗が吹き出した。

場合によっては処女膜を破るよりも過酷だろう。だが、彼女のいちばんの望みは、惨めな状態で苦痛を与えられることなのだ。

排泄や呼吸を管理されることでその惨めさを自分に染み込ませ、苦痛を喜んで受けられる心と体に変化させる。そうした稀有な感性を、美冬は持っていた。

爪先立ちになるほど腰縄を吊り上げ、喉の奥から悲鳴を絞り取ったあと、革の猿轡を手で押さえて完全に呼吸を止めた。

閉じた目元に深い陶酔がにじみ、見る間にそれが濃くなっていく。

仮死の法悦を味わせたあとで再び腰縄をつかみ、今度は足が浮くほど持ち上げる。

股縄に全体重がかかるこの責めは、いくら小柄な女でも耐えがたい。

案の定、子犬は厚い猿轡ごしに絶叫した。

それを耳元で聴きながら、

「一、二、三、四、五」

声に出して数え、降ろしてやる。

顔を見ると、頬は涙に濡れ、瞳はあらぬほうを向いている。

「もう、いっぱいか」と訊くと、半ばうわの空で首を横に振った。

股縄吊りは、美冬のもっとも好きな責めだった。表から見えるような痕がつかない点もよかったし、快楽の根源である場所へ罰を与えるという物語が、とりわけ彼女を興奮させるのだ。

謙三は無言で、また腰縄を持ち上げて細い足先を浮かし、「七」まで数えた。

次に猿轡を押さえて呼吸を止め、腰縄を左右に揺さぶる。

あまり激しく揺さぶると粘膜が擦り切れて出血するが、縄の位置がズレない範囲での揺さぶりなら、局部が赤くなる程度ですむ。

吊って「九」まで数える頃には、首を立てていることができないほど我を失い、うめく声も聞こえなくなった。

呼吸を止めてやると、ほどなく処女奴隷は失神した。

央子とは土曜の夜にときどき会い、美冬とのことをすべて話していた。革の猿轡や股縄吊りも、最初は彼女で試し、安全を確認したものだった。

激しかった被虐の時間が過ぎ、二人でベッドに横たわりながら熱を冷ましていると、央子が言った。

「あの娘《こ》がそこまで責めを好むとは知らなかったわ。早まったかしらね。これからが心配だわ」

「なんとも言えませんが、こういうものはいずれ本人が抑えきれなくなって、表に現れるそうです。今経験しなくても、いつか別の形で訪れたんじゃないでしょうか。むしろ、変な輩に引っかかる前に、どんなものかすこしでも教えてあげられてよかったと思いますよ」

「そう……そうかもしれないわね」

彼女はしばらく物思いにふけったあと、ポツリと言った。

「私も、抑えきれなかったのよ」

「え?……責めのことですか」

「ううん」と、微笑しながら年上の麗人は首を振った。

「あなたとすること全部。会社が安定して四十歳を目前にしたとき、死ぬまで誰にもこの体を愛されずに終わるのかと思ったら、とても寂しくなったの。閨《ねや》のことなんてなくても大丈夫だと思っていたけど、そうじゃないのね。必要な女もいるのよ」

そう言うと、触れ合っている謙三の手をにぎってきた。

「よかった。あなたが思ったとおりの誠実な人で。ありがとう、応えてくれて」

そんなふうにはっきり言われたのは初めてだったので、柄にもなく照れた。

枕の上で見交わすと、満ちたりたあとの女神のような顔で、央子は微笑んだ。

「お礼を言うのは僕のほうです。ありがとうございます、機会を与えてくださって」

自立する決意はあっても、何をどうやってという展望もなく、ずっとなんとなく過ごしてきた人生が、急に意味を持ちはじめたのはこの関係があったからだ。

流通の仕事も面白いし、縄仲間との交流も楽しい。今は、学んで極めたいことがたくさんある。

人間としても女性としても魅力的な央子と過ごす時間は、謙三にとって最高の喜びであり、自分を鍛える場でもあった。

大正四年の三月。美冬の婚礼が近づいていた。

今日が最後という日、可愛い犬奴隷は、ひと通りの責めが終わると絨毯の上に正座して頭を下げた。

「ご主人様、短いあいだでしたが、たくさん可愛がってくださって本当にありがとうございました」

澄んだ丸い瞳から大粒の涙がこぼれる。

「僕も楽しかったよ。ありがとう」

普段の言葉づかいに戻して、頭をなでてやる。

すると、小さな体が突然立ち上がり、胸に飛び込んできた。

「本当は、ずっとご主人様の犬でいたかった！　どこへも行きたくない！」

ワイシャツの胸に顔をつけ、美冬はワアッと泣きだした。

謙三も、このままさらって行きたい激情にかられ、強く抱きしめる。

だが、それは許されない。

二人ともわかっていたが、抱き合う腕を、なかなかゆるめることができなかった。

最初は互いのことを話さない約束だったが、一カ月もたつと美冬のほうから話してくれるようになった。

父親は「どうしても嫌だったら帰ってこい」と、言ってくれているらしい。

しかし、彼女は何があっても家族を助けると決めていた。

「今、思い悩んでも仕方がありません。行ってみれば、案外楽しく暮らせるかもしれないし、自分次第だと思っています」

愛らしい瞳には固い決意が見え、可憐に見えても芯のある娘だということが、そのときわかった。

抱いた肩が冷えはじめ、謙三はようやく体を離した。だが、左腕はまだ背中に回したまま何も言えず、頬から髪にかけてなでてやる。

美冬は泣きやんでいた。

「一生分の思い出をいただきました。ありがとうございました」

無理に笑うと、またこみ上げた涙を隠すために自分から離れていった。

第四章　太夫針責め

軍需景気が相変わらず堅調な大正五年の春、安喜が東京女子高等師範学校を卒業した。最後のほうは学校のあまりの良妻賢母教育にうんざりし、成績も振るわなかったようだが、卒業には違いない。

お祝いに銀座の資生堂パーラーで、兄の志雲ともども夕食をご馳走してやった。

二十二歳になった安喜は、少女っぽさがだいぶ抜けて、濃紺に臙脂と白のあられ模様の着物がしゃれている。引っつめに結った髪型が、どこかの女流評論家のように見えなくもなかった。

「女性問題は社会問題でもあるのよ。これからは社会主義の勉強をもっとしようと思うの」

威勢よく言う姿に危なっかしさも覚える。

志雲は、そっとため息をつきながら横を向いた。

「就職しないのか」

訊くと、私立の女学校の名前をあげた。

「そこの臨時教員」

「臨時か……」

どこにも採用してもらえなかったのか、自由に活動したくてわざと臨時雇いにしたのか不明だったが、まだひとつに落ち着きたくなさそうな雰囲気は伝わってきた。

あれだけ入り浸っていた青鞜社では、平塚らいてうが奥村浩史の結核と子育てで忙しくなったため、『青鞜』の編集を伊藤野枝《いとうのえ》に譲った。しかしそれも長くは続かず、結局休刊になり、自然解散のような状態にある。

理由はいくつかあろうが、神近市子《かみちかいちこ》という恋人がいながら伊藤野枝と付き合いはじめた大杉栄《おおすぎさかえ》が、神近に刺されたのが要因のひとつだ。婦人解放運動家二人と無政府主義の大立者との、いわゆる三角関係のもつれだ。

婦人解放運動は、男の存在を抜きにしては語れない。

男がこの世の仕組みを作り法を整備し、運用している。いわば「男」が基準なのだ。

その「基準」に逆らうつもりがいつしか振り回され、利用され、結局女たちは好奇の目や嘲笑にさらされてしまう。

「なあ、謙三」

志雲が改まった顔で呼びかけてきた。

「本気でこいつを嫁にもらってくれないか」

言いそうなことの予想はついたので驚きはしなかったが、安喜が反発した。

「やめてよ！　女にとって結婚して子供を産むのがいちばんのしあわせだなんて説教は、耳にタコができてるのよ。男に頼らず一人で立派に生きてこその人生じゃない」

「なんだ、おまえ、もう謙三を好きじゃなくなったのか」

「そういう問題じゃないでしょ！」

真っ赤になって怒る安喜は可愛かった。

「まあ、いいじゃないか。好きにさせてやれよ」

「おまえはいつもそう言うけどな、女は年をとるほど貰い手がなくなるんだぞ。嫁に行きたいと思ったときに思いどおりの結婚ができるとは限らない」

「女は結婚するために生きてるわけじゃないし、誰かを好きになって初めて一生いっしょにいたいって考えるほうが自然でしょ。そのために結婚という選択肢があるんだわ」

安喜の考え方は斬新だった。だてに青鞜社へ入り浸っていたわけではないらしい。

「私は、兄さんがお嫁さんをもらったあとにする。年の順よ」

それを聞いた志雲は渋い顔をした。この親友は野心家だ。自分にとって有利な結婚話がめぐってくるまで待つつもりだろう。

謙三は笑ってしまった。

「おまえなあ、他人事だと思って笑うなよ」

怒る声に本気でとがめる調子はない。志雲自身も、功利的な自分と自由な妹の違いをわかっているのだろう。

それに、なんだかんだ言っても、中山家も両角家も、士族としては恵まれている。子供全員、望んだ学校へ進学させてやれる家庭がどのくらいあるのか。娘が一人で一家を背負っているところもあるのだ。

美冬からは、去年の夏に一度だけ手紙がきた。

退屈なくらい平穏無事な生活だという。幸せでも不幸でもないということなのだろう。嫌な思いをしていないだけマシということか。

その後、妊娠したという話を央子から聞いた。出産は今年の秋だという。

「謙兄さんはどうなの？」

安喜の問いかけに、「まあまあさ」と曖昧に答えた。

志雲が言う。

「永徳は危なげないよな。あの女社長はたいしたもんだよ。夫がダメだったわけじゃないんだが、婿養子だから冒険を避けたんだろうな」

「社長は素晴らしい人だよ。俺はあそこで働けてありがたいと思っているよ」

「すごい新人がいるって評判だったぞ」

親友がニヤニヤしながら言う。大蔵省には企業の情報が入るのだろう。あるいは個人的な興味で調べたのかもしれない。

謙三は咳払いをひとつすると、座り直した。

「まあな。それなりに努力はしている」

「ご謙遜だね」

からかってくるが、うれしそうだ。友の活躍を心から喜んでくれている。

入社から二年がたち、仕事にはだいぶ慣れた。英語とドイツ語ができたため、入社当初から先輩たちに重宝されたりもしたが、それは本当に仕事ができるということとはちがう。

今は自分から新しい提案もできるようになり、社外のつながりも広がった。央子との関係はあいかわらずつづいており、二人にとってなくてはならないものだった。

緊縛会では、伝兵衛に知り合いの実業家を紹介してもらった。茨城の波根木《はねぎ》に本拠を置く樋丘《ひおか》丈太郎《じょうたろう》という名家の当主で、謙三も同郷人として名前くらいは知っていた。四十五歳になる彼は、麻布にある別邸でたまに責め会を開いていた。受け手は緊縛の出し物に出ている矢川千代や、その知り合いで口の固い花街の女たちで、縛り以外の責めも行われた。

自分ではあまり苦痛の激しい責めはしないが、見る分には興味深い。千代は出し物での役名そのまま「太夫」と呼ばれ、どんな責めでも受ける驚くべき婦人だった。

樋丘邸は、服部邸と同じく広い武家屋敷に手を入れたもので、母屋と廊下で繋がれた別棟がある。十畳に八畳がつづいた書院造りのけっこうな作りで、天井も高く、雅趣があった。

しかし、矢柄模様の緋襦袢を着た太夫が入ってくると、それだけで空気が変わった。武家の質実剛健な雰囲気が、一瞬にして妖しく淫なものに入れ替わったのである。外から入る光までもが、いくらか暗くなったようだ。

もともと吉原で太夫を務めていたというだけあって、たたずまいに凛とした色気がある。唇にさした真っ赤な京紅がよく似合い、男を惑わす微笑みとまなざしには天性の才があった。

修練を兼ねて、伝兵衛の弟子たちが縄をかける。今日参加しているのは、当主の丈太郎を含めて男ばかり七人だ。

やがて、太夫は襦袢の胸をはだけて乳房を丸出しにし、左膝を高く掲げた格好で鴨居から吊るされた。足元には赤い毛氈《もうせん》が敷かれている。

無毛の女陰の周りには牡丹の花びらが刺青され、大輪の王花が咲き誇っていた。肉襞はまさに花芯であり、下腹に描かれた枝葉は肌から生えているようだ。

夫である矢川留吉が花芯を手のひらで打つと、玄人らしいきれいな細眉が寄って、朱唇から悩ましい声がこぼれた。

「今日は針だ。おまえのここに、シベを拵《こしら》えてやろう」

苦み走った容貌の留吉が渋い声で告げる。用意されたのは、鍼灸で使うものよりひと回り太い銀の針だった。持ち手部をのぞいた長さは一寸（約三センチ）以上ある。

一人一本ずつ取り、すでに濡れはじめている牡丹の肉びらに刺していく。

慣れているのか大きな悲鳴はめったに聞こえてこなかったが、それでも額の生え際あたりに細かい汗が浮かんでいた。

左の襞に二本、右に三本の銀針がきらめいたところで、丈太郎が八本目を左に刺す。

鮮やかな京紅の唇がわずかに開いて、息を逃した。

庭からの明かりを銀針が反射し、それだけでも見事な眺めだったが、留吉がさらに針を取った。

「雄しべだけじゃものたりねぇ。雌しべも生やしてやらねぇとな」

そう言うと、陰核の包皮をむいてむき出しにした。

刺された肉襞がひきつれて痛むのか、太夫があえぐ。

刺し手はその表情を見ながら、肉芽の下に針をあてがい、一気に貫いた。

「ひぃぃぃ」と絹を裂くような悲鳴があがった。けっして大声ではないが、嗜虐者の心を揺さぶる悲痛な響きだ。

留吉はまた一本取って、右斜め上から刺し貫く。

太夫は顔を歪めて叫び、頭を反らせた。

「そら、もう一本だ」

最後の刺入は左斜め上からだった。

ほつれ毛を嚙んだ歯がきつく合わさり、全身が激痛に耐えて硬直する。

刺し終わった男の手が離れると、吊られた体が大きく上下してあえぎがこぼれた。

左右の襞を貫く八本の雄しべと、充血した肉芽のまわりに並ぶ六本の雌しべの下で、透明な花蜜が糸を引いて垂れ下がる。呼吸に応じてわずかに歪む様が、本物の王花のように生々しい。だが、圧巻はそれからだった。

やや垂れ気味の豊かな乳房を、留吉の無骨な手がつかんだ。

「ここにも花を咲かせてやらねぇと中途半端だ。おめぇも欲しいだろう？」

のぞき込んでくる夫に、妻は苦しげなまなざしを送る。だがそれは、刺されることを待ち望む哀願のようにも見えた。

別の箱から取り出されたのは、糸のついた銀の釣り針だった。

太夫が、小さな悲鳴を放った。

そのとたん、股間から蜜が玉になってしたたり落ち、毛氈を汚す。

「へっへ、あいかわらず好きもんだぜ」

夫のからかいに恥じ入ることもなく、釣り針を見つめるその瞳には、妖火が煌《きら》めいている。

親指の頭くらいありそうな大粒の乳首の根元に、釣り針の先が当てられた。

「皆さん、ここは硬とうござんすから、ちょいとコツがいりやす」

注釈が入って、針先が斜め下からすくいあげられた。

「ギャァ」と濁った悲鳴があがる。

女陰のようにすんなりとは通らず、三回に分けて力が入れられ、ようやく粒の向こう側へ針先が出た。太夫の顔は汗びっしょりだ。

もう片方も同様に釣り針が刺され、両乳首は糸で鴨居に吊り上げられた。

柔らかな乳房が長く三角形に伸びて、斜め上に吊られている。敏感な箇所ばかりへの針責めで、太夫の口からはうめき声が絶えない。

参加者の一人が、自分も乳首に刺してみたいと申し出た。

留吉は「どうぞ、どうぞ」と、真っ直ぐな針が入った木箱を差し出す。

「どこでも空いているところへお刺しください」

うなずいた男は針をつまみあげると、肉蕾の先端部を狙って先を入れた。

「おお、これはさっきと手応えが違う。ぶつぶつ切れるような感じがしますなあ」

言いながら、ゆっくりと針で貫く。

太夫は喉の奥で押し殺したような声を出し、足指の先を丸めた。

「乳の出る管が通っていますんで、それを断ち切っていく手応えですよ」

大きな怪我を避けるためなのだろう。痛めつける対象の構造をよく学んでいる留吉が、学者のような解説をする。

好奇心の強い客らしく、「それなら、縦に刺すとまたちがうのか」と訊いた。

「へえ、そりゃあもう、ぜんぜんちがいやす」

その言葉に、全員が興味津々になった。

「縦に刺しますと、管に沿って入っていきますんで、ほとんど痛みはありやせん。痛いのを嫌がる女には、縦にだけ刺してやると悦びます。それだけでぼうっとなって、よだれを垂らすくらい気持ちがいいようで」

そんなことがあるのかと、その場に驚きが広がった。

「どうです、皆さんで縦横一本ずつお試しになりやすか。もう痛みが出ているところへ刺すときは、縦だろうが横だろうが激痛になりやすがね」

太夫は薄目を開けて夫を見たが、何も言わない。

しかし、六人で二本ずつとなると、あと十一本も乳首へ刺されることになる。すでに釣り針が通っているのだから、いくら大粒でも針だらけになってしまう。

「いや、私は遠慮します」と言う者が二人いて、結局四人で試すことになった。謙三はもちろん、試す側だ。

自分の番がきて、まずは横から刺してみると、なるほど糸を何本も切っていくような手応えがある。しかし、乳首の真上から縦に突き通すと、すんなりと根元まで入ってしまった。乳管に沿って奥まで入ったということだろう。

太夫は一本刺されるたびに腰を前に突き出して唸り、激痛に息をあえがせた。襦袢の襟には汗が染みて、すっかり色が変わっている。八本もの針をでたらめに刺された乳首は、ひしゃげて無残な形に変わってしまっていた。

留吉はそんな妻のそばにより、

「どうだい、お客様に喜んでもらって、おめぇもうれしいだろう」

そう言って、乳首を吊った糸をツンツンと引っ張った。

太夫は「ああ、ああ」と身悶えし、なおいっそうの花蜜をしたたり落とす。

伝兵衛が畳についた右足も縛って吊り上げると、足がM字に開き、陰部を広げた凧のようになった。

体全体を吊られて苦しいだろうに、太夫の目は喜悦にかすみ、半分正気を失っている。激痛を快感に変換できる人間はたしかにいるが、実物を見なければ、普通は信じられないだろう。聞いたところによると、千代は留吉がいないときにもよおすと、自分で針を刺してしまうのだという。

「なんだかもう、頭の中が刺したい気持ちでいっぱいになって、亭主を待ちきれなくなっちまうんですよ。そりゃ、あの人に刺してもらったほうが何倍もいいけど、自分でやってもいくらか気持ちは収まりますんでね。だからいつも腫れがひかず、こんなに大粒になっちまった」と笑った。

彼女はまた、線香で焼かれることも好きだった。

それがわかったのは、乳房に薄茶色の小さな点がいくつもついていたからだ。

「この点々はなんですか」と訊くと、線香を押しつけた痕だという。

留吉によれば、線香は細く、熱さもさほどではないため、火が消えるまでギュッと押しつけても、二、三カ月で痕は消えるという。

「ただ、うちのやつは消える前から次の線香を欲しがるんで、痕がすっかりなくなる暇がねぇんですよ」

そう言って、苦笑いをする。

「そうだ、みなさんで線香もやってみますか。針を抜いたあとを焼けば、血止めになってちょうどいい」

激しい責めが嫌いな者が聞いたら卒倒しそうな提案だったが、樋丘が「面白そうだね」と言った。

場所は陰唇だけということになり、陰核の三本はそのまま残しておく。

乳首の針を遠慮した二人は今回もうしろへ下がったが、ほかの四名はめいめいが二穴ずつ担当することになった。

留吉が慣れた手つきで肉びらの針を抜いていく。したたる血を手拭いで受け止め、八本ぜんぶ抜いたところで上から押さえて大雑把な血止めをする。

その間に、樋丘が線香を用意し、四人に手渡した。

ろうそくに火を灯し、順番に線香の先をかざす。

留吉が肉襞を広げ、線香を当てやすいよう準備した。八つ開いた小さな穴からは、まだすこし血がにじんで盛り上がっている。

最初の一本が押し当てられると、太夫が喉の奥で押し殺した声をあげた。

線香が外されると、灰がついていて針痕は見えない。だが血は止まっているようだ。

三本目くらいまでは悲鳴も控えめだったが、しだいに熱さが募ったものか、謙三に回ってきたときには、大泣きしていた。

焼いている手応えはなく、特に臭いもない。ただ細い棒を押しつけているという感覚しかないのだが、煙が立ち昇っているし、悲鳴が響くとなればその場は否が応でも盛り上がる。

二回目の順番のときは、いちどに押し消すのではなく、何度かつつくようにして血の止まり具合を確かめ、最後に強く押しつけて消した。

太夫は吊られたまま、ついに白目をむいて気を失った。

第五章　伯爵夫人の恋

　大戦終結の大正七年まで続いた戦争特需は一時的に下向いたものの、ヨーロッパの回復がまだだったため、翌年夏、日本は戦中以上の好景気を取り戻した。

　しかし、大正九年が明けてすぐ。スペイン風邪が猛威を振るうなか、央子はとつぜん海外での直接売買を縮小し、物流業から切り離した。

「これからというときに、やっぱり女は度胸がない」などと言われたが、同年三月、戦後恐慌が訪れた。

　繊維や銅、鉄鋼などの主要品が半値以下に下落し、中小企業ばかりでなく、盤石と思われた大会社や銀行なども多く倒産した。

　永徳通運は流通の便数を減らしたものの、きめ細やかな対策のおかげで影響は最小限にくい止められた。謙三は改めて央子のすごさを目の当たりにした。

「いちど下向いたものが再び上向いたときに危ないと思ったの。戦後景気は、そう長く続かない。二度目の景気は見せかけだろうとね。予測が当たってよかったわ」

さらりと言ってのける様子は、惚れぼれするような経営者ぶりだった。社員一同、改めて剛腕社長への忠誠を誓い、結束を高めたのである。

切り離して子会社にした貿易部は「永商《えいしょう》」と名を変え、本社近くの新しいビルの三階を借り切った。輸出入もするが、世界の情勢を探って分析し、物の流れを予測するのがもっとも重要な仕事である。

三十歳になった謙三は、そこで二十名の精鋭を抱える本部長に抜擢された。役職が上の者たちは本社での業務も兼ねているため、実質的には決定権を与えられた取締役に近い。

年功序列を無視するような人事だったが、謙三の仕事ぶりは誰も文句のつけようがなかったし、子会社とはいえ、いつ切り捨ててもいいようなところの本部長は栄転とも言いがたい。人によっては左遷と取るかもしれず、女社長の道楽ととらえるものも多かった。

しかし、史上初めての世界規模の大戦を、央子は大きな変化の予兆だと見ていた。混迷する世界の未来を、本気で読もうとしていたのである。

そのためには、既存の価値観に囚われない若い力が必要だと考えたのだ。

「怖がらないで、自由にやってみなさい」

尊敬する社長からそう励まされると、構想が大きく広がり、持っているもの以上の力が出るような気がした。


景気の悪さが日常となってなじんだ秋口。泉堂《せんどう》伯爵家で経営者の集まる夜会があるというので、央子のお供をして参加した。会社の責任者として紹介してもらうためである。


生き残った企業は、もともと体力のあるところだ。参加人数こそ三十人ばかりだったが、夜会は華やかだった。

中でも、永徳の女社長の美しさは格別だった。体の線に沿って流れ落ちるローズ色のロングドレスの上に、金糸で縫い取りのある黒のローブをまとい、オペラに登場する「夜の女王」のような風格である。

謙三は、「あんまり若いとなめられるから」という央子の勧めで、鼻の下に短い髭をたくわえた。髪も正装用にきちんと整え、ボウタイの夜会服姿である。

長身で肩幅の広い体に黒の正装はよく似合い、さながら女王を護衛する騎士のようだった。

学生時代に書生をしていた服部家の夫妻にも久しぶりに会った。新年の挨拶には欠かさず行っていたし、盆暮れの付け届けもしていたが、最近はゆっくり会って話すようなこともなかったのだ。

奈津乃夫人は、まぶしそうに見上げてきた。

「まあ、両角さん、すっかり立派になって！」

ふくよかで優しげな風貌は相変わらずで、良き家庭婦人の見本のような女性だ。夫の功成も、かつて我が子のように面倒をみた男の出世をひどく喜んでくれた。

「貫禄がついたな。いい男っぷりだ。お父上もあの世でお喜びだろう」

水戸の父親は、二年前の冬に亡くなっていた。父はもちろん二人の兄たちも、のんびりした末弟がここまでになるとは思っていなかっただろう。

すべては央子との出会いのおかげだったが、身内にはまだ話していない。奈津乃は知っているようだったが、夫には告げていないらしかった。

挨拶まわりがひととおり終わると、泉堂伯爵夫人の瑠衣子《るいこ》がやってきた。

「央子様、お久しぶりです」

「まあ、瑠衣子様、お招きありがとうございます」

伯爵夫人は、繊細な美貌の持ち主だった。三十二歳だと聞いていたが、もっと若く見える。象牙色のドレス姿はほっそりとして、髪も瞳も茶色がかってフランス人形のようだ。結髪に挿した薔薇からは、優美な芳香が薫った。

玲夫人は謙三を見て、光がこぼれるように微笑んだ。

「素敵なお連れ様ですわね」

「ありがとうございます。今度うちの子会社の部長になりました両角謙三ですの。先ほど伯爵様にはご挨拶致しましたけれど、瑠衣子様もお見知りおきくださいませね」

「お初にお目にかかります。若輩者ですが、どうぞよろしく願いいたします」

型どおりにきちんと頭を下げ、また上げる。

「背が高くていらっしゃいますのね」

瑠衣子の身長は、謙三より拳一つ分だけ低かった。女性では高いほうだろう。

「恐れ入ります。奥様もスラリとなさっていますね」

「わたくしは無駄に伸びすぎましたわ」

笑いはしたが、それはどこか仕方なさそうで、寂しげだった。

帰りの永峰家の自動車の中で、央子がいろいろと教えてくれた。

「瑠衣子様はね、娘さんがお二人いらっしゃるの。でも、お姑さんや旦那様からは、男の子を産めなければ嫁の価値はないと言われてつらい思いをなさっているわ」

そんな理不尽な仕打ちをされているのかと、同情が湧き上がる。

「あの方、背がお高いでしょ。大きな図体をして娘しか産めないのかって、嫌味を言われるらしいの。旦那様もすこしは庇《かば》って差し上げればいいのに、人の気持ちなんかてんでお構いなしの自分勝手な男なのよ」

夜会で泉堂秀隆《ひでたか》に挨拶したときのことを、謙三は思い返した。

身長は瑠衣子と同じくらいだろう。甲高い声で、人を見下したようなしゃべり方をする男だった。

「先代の伯爵が賢明な方で、地方での農地経営を手広くなさっていたのよ。だから蓄えもあるんだけど、あの見栄っ張りが当主じゃいつ底をつくかわからないわね」

次第に口が悪くなってきた央子がおかしくて、謙三は笑いをもらす。

「いえ、本当にそうなのよ。あいつはどうでもいいけど、瑠衣子様がおかわいそう。慈善活動にも熱心で、とてもお優しい方なの」

今夜の夜会も瑠衣子からの招待で、参加費の一部が恵まれない子供たちに寄付されると聞いたから来たのだという。

「かなりしっかりした方のようにお見受けしました」

「そう。責任感の強い人だから、よそへ行ったって悪口ひとつ言わないのよ。英語もお上手だし、お祖父様が藩校の教授だったから漢文にもお詳しくて、そりゃあ達筆なの。あんなに何から何までよくできた人は見たことがないわ」

高級官僚の娘だった瑠衣子は、十五歳で父を亡くし、母や弟と暮らしてきた。高等女学校を出て、弟の進学のために働かねばならなかったところ、泉堂秀隆に美貌を見初められ、十九歳で嫁いだのである。

いわば実家を助けてもらった恩があるため、婚家で粗末に扱われても辛抱しているのだそうだ。奉仕活動に熱心なのは、すこしでも家から離れていたいからなのかもしれない。

「ところで」と言って、女社長は意味ありげに部下を見た。

「あの方、あなたのことをずっと見ていたわね。目がキラキラしてた」

「そうでしたか」

気づいてはいたが、とぼけた。

「今夜のあなたは、見慣れた私でさえうっとりするほど男前だもの、当然ね。そのお髭、とてもよく似合っていてよ」

彼は「どうも」と言って軽く頭を下げ、年上の情人に笑いかける。彼女の勧めで伸ばしたものだが、自分でも気に入っていた。

「人妻と厄介なことにならないよう、気をつけてね。特にあの方はいい方だから、困らせたくないわ」

「承知しました」

央子との関係も六年になり、気楽になんでも言い合えるようになっていた。憧れの存在であることに変わりはなかったが、ときおり見せる素の部分は案外無邪気で可愛らしく、二人で過ごす時間はどんなときも、何をしていても楽しかった。

美しい伯爵夫人にも安らげる場所があるようにと、謙三は祈った。


それから一週間後の午後。出張帰りの東京駅で偶然瑠衣子に出会い、互いに驚いた。

六年前に完成した東京駅は、煉瓦造りの堂々とした建物で、日本の首都たる威信を誇るにふさわしかった。

「先日は、お世話になりました」

ドーム型の美しい天井を持つコンコースで頭を下げると、向こうも「こちらこそ、おいでいただきありがとうございました」と頭を下げる。

今日は和装で、青灰色のお召に柿渋色の帯が、秋の街によく似合っている。

知人を見送りにきた帰りだというので、近くのカフェへ誘った。

コーヒーを待つあいだ、「お友だちのお見送りだったんですか」と尋ねてみた。

「いいえ、知り合いの神父様が静岡へ赴任なさるので、教会の方々とお見送りに来たんですの」

瑠衣子自身はキリスト教徒ではないが、奉仕活動の手伝いをしているのだという。

「すこしでもお役に立てればと思いまして」

恥ずかしげにうつむく姿には、それこそ修道女のような清純さがある。

「素晴らしいお心懸けですね」

心からそう讃えると、伯爵夫人はますますはにかんだ。

「両角様は、お仕事がお忙しそうですわね」

長くは目を合わせず、すぐにそらしてコーヒーカップに唇をつける。

謙三は反対に目をそらさず、ゆっくりとカップを持ち上げた。

「忙しいといえば忙しいのですが、社長のはからいで気楽にやらせてもらっています。赤字さえ出さなければ、文句は言われませんので」

「央子様は、本当にすごい方ですわね。亡くなったお父様……先々代の社長が、婿より娘のほうが経営者に向いているんだって、密かに自慢してらしたんですってね」

その話はなんどか聞いたことがあった。

「うらやましいわ。あの方が社長でいらっしゃるかぎり、永徳通運さんは安泰ですわね」

「恐れいります。泉堂様だって、ご心配はないでしょう」

「まあ、宅は……」

瑠衣子はその先を続けず、ごまかすように小さく笑った。

謙三は話題を変えた。

「娘さんがお二人いらっしゃるそうですね」

「あ、ええ。十二歳と九歳になります。だんだん一人前の口をきくようになって、困ってしまいますわ。両角様は、ご結婚は？」

「いえ、まだ独り者です」

「まあ、そうなんですの」

瑠衣子はすこし驚いたようだった。

「有能な方だから、もう奥様がいらっしゃるのだとばかり……」

男は家庭を持って一人前と言われる。責任ある立場であればあるほど、早めの婚姻が推奨されていた。

「同期は意外と独身者が多くてですね、みんな案外、社長を狙っているのかもしれません」

きわどいことを言ってみた。

伯爵夫人ははじけるように笑って、「あら、まあ」と目を見張った。

「そりゃあ央子様はお美しくて若々しい方ですけれども……同期の方々だとずいぶんお年が離れていらっしゃいますわよね」

常識人らしい反応が返る。

「社長より十六歳年下です」

「そのう……女のほうが年上というは、男の方は気になさらないんですの？」

「そんなことは気にしません。十六歳年上の男を、ご婦人は気にしないでしょう？同じことですよ」

「あら、まあ……そんな」と言って、瑠衣子は困ったように笑った。

男が年上の分には、祖父と孫ほど離れていようが、まず悪く言われることはない。何か言われるとしたら、女の方が「財産狙いだ」と中傷される。

反対に女が年上だと、たとえ一歳上でもからかいの対象になる。十歳以上離れているようものなら、「いい年して若い男をたぶらかすとはみっともない」と、これも女のほうが非難され、傷つけられる。それが一般的な感覚だった。

謙三は、このよくできた堅物の聖女を壊してみたくなった。

「あなたは二歳年上ですが、もし好きになったら、僕は迷わず自分のものにするでしょう」

美しい貴婦人は、カップを持った手を途中で止め、息をするのも忘れたように年下の男を見つめた。

「失礼。ご主人のある方に言葉が過ぎました」

あまり引っ張らず、あっさりと視線をはずして謝った。

我に返った瑠衣子は、「あの、もうそろそろ娘たちが帰宅する時間なので」と言って立ち上がろうとする。

その袖を、テーブル越しにすばやくつかんだ。

「また会っていただけますか」

「そ、それは……」

気の毒なほどうろたえはじめた伯爵夫人に「僕から連絡します」と言って、手を離す。そして、先に立ち上がって頭を下げ、店を出た。

最初の連絡は、手紙を使うことにした。神楽坂にあるカトリック教会名を騙《かた》り、でたらめな慈善バザーの案内を書いて、最後に「Morozumi」と筆記体のサインを入れた。一見すると、ロシア人の名前のようにも見える。

瑠衣子なら、それが偽物の案内状だとすぐに気づくだろう。サインも読めるだろうし、書かれた日時に教会へ来てほしいという、謙三からの暗号であることも理解するはずだ。

日にちは次の水曜日にした。今の彼は、平日でも半日くらいなら自由に使える立場にある。そのほうが人妻にとっても出やすいだろうと見越してのことだ。

教会は三年ほど前に建てられたもので、ステンドグラス越しに外光が入って厳かな雰囲気だった。左右十列ばかり並んだ長椅子もまだ古びていない。水曜の昼間に来る信者はほとんどおらず、密会場所としてはうってつけの場所だった。

そしてもうひとつここを選んだ理由は、奥に告解室があったからだ。カトリック独特のもので、信者が罪を告白しに来る小部屋である。

別の部屋が設けられているのではなく、人が立てる高さの簡易小屋が隅に置かれているのだ。内部は小さな格子窓のある壁で仕切られ、一方に神父が入って懺悔を聞く。

罰せられることはないし内容が外部にもれる心配もないが、信者は話すことで心が軽くなる。神に後悔の思いが届いて、許されるわけである。

果たして約束の水曜日、伯爵夫人は三十分遅れでやってきた。

枯葉色の地に小菊が描かれた、地味な小紋を着ている。一筋の乱れもない束髪には、帯留めと揃いの翡翠の簪が挿してある。

本を読んで待っていた謙三に、惑うような足取りで近づいてきた瑠衣子は、茶色がかった澄んだ瞳に緊張を浮かべていた。

本を置いて立ち上がり、向かい合ってじっと顔を見つめる。

「来てくださいましたね。ありがとうございます」

「あの、わたくし迷ったんですけれども、もうこういうことはなさらないでくださいと申し上げたくて……」

一瞬だけ目を合わせた伯爵夫人は、見てはならないものを見たかのように視線をそらした。

「今日も、お美しい」

「そういうことはおっしゃらないで！」

声の大きさは抑えられていたが、強い調子で聖女が言い放った。瞳に赤い炎が点ったかのようだ。

「どうか僕の懺悔を聞いてください」

「えっ？」

急に変わった話題にとまどい、隙ができる。そこを逃さず、手を取った。

「こっちです」

「いえ、あの、困ります！」

瑠衣子は引っ張られて仕方なくついてはきたが、なんとか男の手をはがそうと、もう片方の手を添えてくる。

迷いのある抵抗などたいした力を持たず、謙三はやすやすと告解室の前まで連れてきて、扉を開けた。

この教会の告解室は胡桃材にニスを塗ったもので、屋根や壁は簡素な彫刻で飾られていた。

薄い扉が乾いた音を立てて開くと、聖女はますます訝しげな視線を向けてきた。

「あなたは神父様が入る側です。罪人は僕ですから」

小部屋とはいえ仕切りがある。分かれて座るなら狼藉を働くことはできないと安心してか、夫人は渋々聖職者側の仕切りに入って、硬い木の丸いすに座った。

それを見届けて謙三も自分の席につき、扉を閉める。

小窓を開けると、瑠衣子は扉側を向き、横顔を見せていた。色白の頬と高い鼻梁が、誰も手の届かない孤高の嶺を思わせる。

かなり芝居がかった方法ではあったが、正攻法でこの賢夫人を落とせるとは思えない。なにか普通とはちがう大胆なやり方でないと、鉄壁の守りは崩せないだろう。

謙三は静かな声で語り出した。

「僕は、してはならない恋をしてしまいました。ある夜会でのことです」

はっきりそう告げると、格子窓の向こうの人影が、それとわかるほど身じろいだ。

「年上の、とても美しい方で、お子さんもいらっしゃる人妻です」

瑠衣子は目を伏せて、じっと聞いている。

「世界の違う方ですから、もうこれきり会うこともなかろうと思っていました。せめてお姿を忘れないようにと、笑った顔、料理を勧める手、振り向いたときの表情、そして、髪に挿した薔薇の香り。それらすべてを胸に刻んだのです」

伯爵夫人は左手で胸を押さえた。

「ですが、先日偶然、またその方にお会いしました。洋装ばかりでなく、着物もよくお似合いで、再び心をかきたてられました。そして、これは運命かもしれないと思ったのです」

胸に置かれた左手がギュッとにぎりしめられ、横顔のまぶたが閉じられる。

「僕はこの恋を進めてもいいでしょうか。どうかお言葉をください」

しばらくは無言のまま過ぎた。

ややあって仕切りの向こうから聞こえてきた声は低く、感情を隠すためか、かすれていた。

「お気持ちはお気持ちのまま、秘めておかれるのがよろしいかと存じます。明るみに出したところで、どうなるものでもありますまい。相手の方はお困りでしょうし、あなたにとってもいらぬ醜聞となりましょう」

「……わかりました」

予想どおりの答えだったので、間を取ったあとで受け入れる。

「ですが、この気持ちはなかなか抑えがたく、導いていただかねば大それた行為に及んでしまうかもしれません。また、懺悔にきてもよろしいでしょうか」

半ば脅しをかけて、次の約束を要求した。なんど断られてもいい。大事なのは、会いつづけることなのだ。

狭い空間を、迷いの沈黙が重く満たす。

「わかりました。わたくしでよければ伺いましょう」

思い詰めてとんでもないことをされるより、こうして安全に会ってやったほうがいいと判断したのだろう。聖女の声は落ち着いていた。

「では、また来週の水曜日、同じ時間にここでお待ちしています」

「承知いたしました」

終始扉の方を向いていた顔が、一瞬こちらを向く。

謙三は、すかさず視線で縫い止めた。

まばたきも呼吸も忘れる数秒が過ぎる。

汚れなき伯爵夫人は、無理やり顔をそむけると立ち上がり、告解室を逃げるように出ていった。

謙三は教会の扉が開いて閉まる音を聞いてから、ゆっくりと立ち上がった。


次の水曜日は、瑠衣子のほうが先に来て待っていた。

老女が一人祭壇の前で祈っていたが、ほかに人はいない。

離れた席に座って祈り終わるのを待ち、出ていくのを確かめてから、二人バラバラに告解室へ入った。

「来てくださってありがとうございます」

礼を言うと、「いえ」と、固い声が返った。喜んできているのではないということをわからせる音色だ。

今日の着物は錆朱の紬に銀鼠の染め帯だった。髪に挿した薄紅珊瑚が品のいい容貌をいっそう気高く見せている。

謙三は、夢の話をした。

「ここ数日、ずっと想い人の夢を見ます。いちどもこちらを見てもらえないときもありますし、気づいて微笑んでくれても、すぐにどこかへ行ってしまう。触れ合える距離にきても、それ以上手も足も動かせなくなるのです。気持ちを伝えようにも声がでず、虚しくもがいて目が覚めます」

伯爵夫人の息を呑む音が、かすかに聞こえてきた。今日も、扉側を向いたままだ。

瑠衣子が微笑んで去っていってしまう夢を見たのは本当だったが、あとは気を引くための作り話だ。

「聞いていただいたら楽になるのかと思いましたが、この一週間ますます思い出すことが多くなってしまいました。日々、苦しさが募るばかりです」

恋する者の告白に、白い横顔が歪んだように見えた。

「その方は十九歳でご結婚なさったと伺いました。お嬢様を二人お産みになったのですが、男の子をお望みだった婚家のご家族はその方を責め、おつらい毎日を送っていらっしゃるそうです」

明らかに動揺した瑠衣子は、華奢な首を見せてうつむき、目を固く閉じた。

「子供は天からの授かりものです。なにもその方のせいばかりではないのに、ひどい話だと腹が立ち、お護りしたい欲望が湧き上がりました」

ただの浮かれた恋話ではないことを示し、心を揺さぶる。

聖女はハンカチを取り出し、目元をぬぐった。

「気丈な方ですが、お一人では背負いきれないこともあるのではないかと案ずるのです。ですから、こうもたびたび夢に見てしまうのでしょう」

格子窓の向こう側の人影は、しばらくハンカチを目に当てたまま動かなかった。

やがて、涙を抑えた声でこう言った。

「ご心配くださる方がいると知っただけでも、その方は救われた思いがするでしょう。そのお気持ちだけで充分です。人は誰しも与えられた場所で生きねばなりません。たとえ夢の中でもあっても、触れ合うことのなきように、ご進言申し上げます」

「わかりました。努力してみます」

固い聖女の殻を揺さぶって涙を引き出しただけでも、その日の収穫は充分だった。


次の週は、謙三が二十分ほど遅れてしまった。入り口で二人の女性信者とすれ違ったが、ほかには誰もいない。大股で近づくと、「すみません」と頭を下げた。

瑠衣子はホッとした顔で、口元に笑みを浮かべた。

このところずっと緊張した険しい顔ばかり見てきたため、その微笑みはことのほかうれしく、男の胸をざわめかせた。

今日は明るい茶色地に白い糸が混じった紬で、純白の帯には紅葉した蔦が鮮やかに描かれている。

「あなたの笑顔を、久しぶりに見ました」

整った繊細な面に、困惑と後悔とが、ない混ぜになって浮かぶ。

「あと十分待っていらっしゃらなかったら、帰るつもりでした」

早口で言って、責めるように見上げてきた。

「申しわけありません」

もういちど謝ってから、「今日は外へ出ましょう」と誘う。

「なんども同じところを使っていると目立ちます」

もっともらしく言って、外へ連れ出した。教会のある通りから一本入ったところに、二人乗りの人力車を待たせてあった。

「今日は、これに乗りましょう。告解室の代わりです」

迷う時間を与えないよう「二人で立っていると目立ちます」と、せきたてる。

俥夫《しゃふ》が足台を用意して待っているのを見て、貞淑な伯爵夫人は仕方なく草履の足を乗せた。

二人で並んで座ると、膝かけをして幌を深くおろす。それで外から顔を見られることはなくなった。

「風が冷たいから、これを」と言って背広を脱ぎ、肩からかけてやる。

「まあ、けっこうですわ。あなたがお寒いでしょう」

「こうしておけば、幌から出た部分も男のように見えるでしょう」

俥夫には駄賃をはずんであったが、通りすがりの人々には、男女の二人乗りだとわからないほうがいい。

かじ棒が上がって車が走り出すと、さわやかな秋の風が吹き込んできた。

「やっぱりそれでは寒いわ。上着をお返しします」

できるだけ触れ合わないよう、端へ身を寄せながら言う瑠衣子に、謙三は「大丈夫ですよ」と言い返した。

「ほら、こうしていれば温かい」

そう言って、膝掛けの下で貴婦人の手をにぎった。

「あっ」と小さく叫んで引き抜こうとするのを、力で押さえる。

「罪が多すぎて、今日は懺悔しきれません。すみません」

ダメだとわかっていても止められない想いを込め、さらに手を強くにぎる。

伯爵夫人の抵抗がやんだ。

ワイシャツ越しに、柔らかな腕の感触と体温が伝わってくる。

そむけていた顔をあきらめたように正面へ戻した夫人は、背もたれに体を預けた。

人力車は神楽坂からお堀端へ出て、御茶ノ水へ向かっていた。

緑水をたたえる堀の向こう側には電車の行き交う線路が見え、こちら側の斜面には紅葉した樹々がわずかに見えはじめている。

左手側はもともと武家屋敷が並んでいたが、上屋敷は政府に接収され、下屋敷などは維新後に安く売りに出された。今は、個人宅と商店が入り混じっている。

深く降ろした幌の下から見えるのは道と草ばかりで、横にある網目の覗き窓からの風景は、ぼやけた幻灯のようだ。

黙っていることに耐えられなくなったのか、ふいに瑠衣子が問うた。

「想い人の夢は、今もご覧になりますの」

倖夫に聞かれないよう、抑えた声音である。

「毎晩のように見ます」

それ以上、問いが続かない。今度は謙三のほうから尋ねた。

「あなたは、どんな夢を見るのですか」

伯爵夫人は清雅な横顔をふせ、苦悩のため息をついた。

「ある方の夢ですわ」

「どんな人ですか」

「……とても背がお高くて、頼もしい方」

この場にはいない憧れの人を語るように、視線が宙に遊ぶ。

「それは苦しい夢ですか。それとも……うれしい夢？」

長い沈黙があった。真実を告げるべきかどうかの迷いが、車の振動に折り込まれていく。

やがて、決意は触れた腕から、熱さとともに伝わってきた。

「うれしい……夢」

言ったとたんに、長い睫毛の縁から涙がこぼれ落ちた。

「でも、目が覚めると苦しくなりますの」

「なぜですか」

瑠衣子はしばらく涙を流しつづけ、やっと口を開いた。

「望んではいけないことを、夢の中でしているから」

人力車は水道橋にさしかかっていた。

左手の覗き窓から、元水戸藩の上屋敷にあった「後楽園」の緑陰が透けて見えている。

謙三はにぎっていた手を放した。代わりに肩を抱き寄せ、白くなめらかな顎に手をかける。

「これも、夢です」

そうささやき、涙に濡れておののく唇に接吻した。

夫人の左肩から男物の上着が滑り落ち、膝掛けの上に空っぽの袖が投げ出される。

それが合図だったかのように、細い腕が謙三の背に狂おしく回された。

唇が、なんども角度を変えて、深く合わさっていく。

御茶ノ水橋を過ぎる頃、二人は濡れた唇のまま見つめあっていた。

「帰したくない」

想いを込めてささやく。だが、聖女は首を横に振った。

「ダメよ。夢は夢のままで終わらせて」

悲痛な叫びだった。

人力車は、湯島聖堂の石塀に沿って走っていた。

昌平坂が見えてくると速度がゆるみ、「旦那、どのあたりに止めましょう」と声がかかった。

謙三を制するように、瑠衣子が言った。

「坂の下で止めてちょうだい」

想いを断ち切るように体を離し、肩から滑り落ちた上着をとって差し出す。車が止まると、小声で言った。

「もう、懺悔は終わりにしましょう。これ以上罪を重ねることなく、お互い正しく生きましょう」

言葉とは裏腹に、余韻をおびた目元はしっとりと陰り、男を魅了する。

夫人は返事を待つことなく、俥夫の助けを借りて先に降りた。それでもすぐには立ち去らず、謙三が車代を払うあいだすこし離れて立っていた。

人力車が御茶ノ水の駅のほうへ行くのを見送ってから、声をかけた。

「万世橋《まんせいばし》まで歩きませんか」

そこなら、泉堂家の最寄り駅まで乗り換えなしで行ける。昌平坂下からは、歩いて五分だ。

瑠衣子はしばらく考えていたが、小さくうなずいた。

しかし、ほんの数分前まで情熱的に唇を重ねていたとは思えぬよそよそしさで、たっぷり体ひとつ分あけたうえに半歩遅れてついてくる。

謙三は内心苦笑しながら、うしろへ話しかけた。

「来週から二週間ほど上海へ行ってきます」

「えっ」

なんの話をされるのかと身構えていたのだろう。よほど意外な内容だったとみえ、半歩の遅れがすこし縮まった。

「一昨年にも行ったのですが、今上海の租界は空前の賑わいを見せています。発展の勢いが止まらない。古いものが壊され、これからますます西洋化が進むでしょう。それを自分の目で見に行ってきます」

「まあ……」

家庭で耐え忍ぶことと、奉仕活動以外知らない瑠衣子にとっては、馴染みのない話題だったのだろう。

「日本も変わっている最中です。市電も、僕らが子供の頃は馬が車両を引っ張っていたのに、今はみんな電気で動いている。戦争特需の落ち込みもそのうち回復するでしょう。古いものがすべてダメだとは言いませんが、次の十年で変えるべきものはたくさんある」

伯爵夫人は黙って聞いていたが、拒絶の刺々しさがなくなっている。

「あなたは、人はみな与えられた場所で生きねばならないと言いましたね」

「……はい」

「それは、自分を抑えて試練に耐えることだと受け取りました」

言葉の意味を正しく理解しようとしているのだろう。すこし間があいた。謙三は重ねて言った。

「ですが、なにも進んで不幸になることはないでしょう。自分に課した義務から自由になってみれば、同じ場所でも見え方がちがってきます」

振り返ると、瑠衣子はすぐ間近にいた。ぶつかりそうになって飛び退く拍子に、転びかける。

「おっと」

腕をつかんで支え、体をひっぱり起こす。

きまりが悪そうに「すみません」と謝る淑女に、「光栄です」と返し、いっそう困らせた。

「今日のことは忘れません。ですが、あなたがもう懺悔は聞かないとおっしゃるなら、これ以上無理は言いません」

「ええ、そうしてください」

伯爵夫人は、目も合わせずに言った。

万世橋の停車場が見えてきた。

「最後にひとつだけお願いがあります」

「なんでしょう」

「来週、東京駅へ見送りにきていただけませんか」

上海へ行くには東京駅から急行列車で神戸まで行って一泊し、翌日午前十一時発の客船に乗る。長崎に寄港して、翌々日の午後四時に上海へ着く。全部で三泊四日の行程だ。

まつ毛が伏せられたものの、これが最後と思ってか、すぐに顔が上げられた。

「承知いたしました。何時に行けばよろしいのでしょう」

長距離の汽車は朝が早い。東京駅を八時半に出るため、待ち合わせは朝八時とした。

その日はおとなしく帰ったが、瑠衣子はどんな思いでこの一週間を過ごすかと思うと、謙三も平静ではいられなかった。

自分に特別な好意を持ってくれているのは、はっきりした。「望んではいけないことを、夢の中でしている」と打ち明けてくれたときにはうれしさがこみ上げ、自分を抑えられなかった。甘く溶けるような感触が、今もまだ唇に残っている。

今夜も夫のとなりで他の男の夢を見るのだろうか。いや、むしろ眠れぬ夜が続くのではないかと気にかかる。

貞女の鎧をすっかりはぎ取ることは容易ではない。しかし、それが彼女自身を苦しめているとなれば、壊さずにはいられない。

男の子を生まなくても家門が絶えるわけではなし、狭量で身勝手な夫や姑に対して律儀に礼節を守り、自分だけが尽くすことはないのだ。

奉仕活動に打ち込むことはいいとしても、至らない自分を補う方便であるのなら哀れにすぎる。

央子に対するのとは別の意味で、瑠衣子に激しく惹かれていた。救えるものなら救いたかった。

上海出張はつらいところだったが、彼女に考えてもらう時間ができるという意味ではいいのかもしれない。自身の忍耐の虚しさに気づき、もっと自由に幸福を求めてほしい。

東京駅での見送りには、央子も社長秘書の水川《みずかわ》とともにやってきた。この秘書は彼女の父の代からの忠実な男で、社内で彼だけは、央子と謙三の関係を知っていた。

永徳社長の今日の洋服は、白と黒の千鳥格子だった。前合わせの大きなボタンが印象的で、羽付きの丸い帽子をかぶった姿は、モダン建築の東京駅によく映えている。

浅黄色に白椿をあしらった着物姿の瑠衣子は、自分一人だけではないと知って意外そうな顔をした。だが、すぐにいつもの愛想のいい微笑みを浮かべ、挨拶をした。

「央子様、おはようございます」

「まあ、瑠衣子様、わざわざきていただいてありがとうございます。両角が厚かましいお願いをしたようで、申し訳ございません」

社長には、偶然会って上海出張の話をし、見送りにきてくれるよう頼んだと伝えてあった。

「まあ、いいえ」

にこやかに言う伯爵夫人の琥珀色の瞳に、残念そうな色がかすかに浮かんだのを、謙三は見逃さなかった。

我ながら姑息な手だが、これで会うのは最後だというときに、ほかの人間がいたら普通は心残りになるだろう。口づけまで交わした男なら尚更だ。

央子が見送りにきてくれるのは、上海行きが決まったときからわかっていた。そこを別れの日にしたら、どんな反応があるか知りたかった。

本気でキッパリ別れるつもりなら、他人がいることをむしろ喜んだだろう。二人きりになる気まずさを回避できる。

だが、恋しい気持ちから目をそらし、自分を騙すようにして別れるのなら、そこには未練がにじみ出る。そして、もっと親密な場を選びたかったと思うはずだ。

社交上手な伯爵夫人は最後までうまく会話を運んでいたが、謙三が改札口を抜け、最後に振り返って見たとき、目には絶望にも似た悲しみがあった。

第六章　上海租界の娼妓

神戸からの出港は、永徳通運支社の連中が見送ってくれた。翌朝の長崎の寄港でも支社の出迎えがあり、カステラをしこたま持たされた。

上海出張をする永徳社員の日本土産は、これと決まっているのだ。取引先で喜ばれるのである。

昼過ぎに長崎港を出て、いよいよ上海へ向かった。

右に五島《ごとう》列島、左に甑島《こしきじま》列島の島影をしばらく見て進む。やがてそれもなくなり、よく晴れた黄海《こうかい》は青一色になった。

定員三百五十名の大型船の揺れはすくなく、海風はまだ寒いと言うほどでもない。

謙三は甲板に出て、小さな波ごとに陽光を弾く水面を見つめた。

出発前、瑠衣子が見送りに来ることを、央子には話してあった。

勘のいい社長は「へえ、そう」と言って、面白そうに見上げてきた。それ以上詳しくは語らなかったが、なにか進展があったことに気づいただろう。

何も聞かれなかったし、伯爵夫人に対しても知っているそぶりは見せなかった。

「人妻に対して面倒を起こさないように」と釘は刺されたが、あとは自由にさせてくれるということなのだろう。

「もう懺悔はしない」と約束したが、別れるとは言っていない。だが、あの貞淑な夫人が本当にこの恋を極めようとするなら、途方もない困難が待っている。

奪うのは簡単だ。だが、どうするのが彼女にとっていちばんいいのか。それをこの一週間、謙三は考えつづけていた。そして、まだ答えは出せていなかった。

翌日の午後、船は黄海に注ぐ揚子江《ようすこう》へ入り、河口の横沙島《おうさとう》、長興島《ちょうよとう》、崇明島《すうめいとう》を右に見て、支流である黄浦江《こうほこう》に入った。

さかのぼっていくと間もなく、租界の石造りの街並みが見えてきた。

幾本もの桟橋に大小の船が停留している。

黄浦江に面したイギリス租界の一キロほどを「バンド」と呼び、尖塔のある六、七階建ての銀行や商社、ホテルなどが、勝者の力を見せつけるように建ち並んでいる。みなヨーロッパの最新技術で建設されており、実に壮観だ。

バンドの道幅は広く、銀座通りの二倍はあるだろう。路面電車が走り、さまざまな国の人々や自動車が行き交っている。まるで西洋のどこかの港町のようだった。

東京に比べると、緯度が低くて暖かい。謙三は上着を脱いだ。

上海は、最後の統一王朝・清がアヘン戦争でイギリスに負けたことによって、一八四二年に開港され、そこから租界が始まった。本格的に発展したのは太平天国の乱（一八五一～六四年）以後で、イギリス、アメリカ、フランスが自治管理する一大区域である。現在は中華民国の法律からも自由なため、さまざまな思想運動家や迫害を受けたユダヤ人なども入り込み、無国籍な文化が雑多に栄えていた。日本人も早くから住みつき、米国租界の北西側に位置する虹口《こうこう》区《く》には日本人街ができている。

下船すると、まず上海支社に顔を出し、イギリスとアメリカの共同租界にあるホテルへ向かった。

そこでチェックインを済ませると、日本人居留区にある古本屋を訪ねた。

大学の先輩である仁田内左馬之助《にたないさまのすけ》がやっている店で、路面電車の走る呉淞路《ごしようろ》からすこし入ったところにある。

「左馬之助」という大仰な名前は、大身《たいしん》の旗本だった祖父がつけたものだという。今日訪ねていくことは、手紙で知らせてあった。

三階建の木造建築が立ち並ぶ表通りには、電気屋だの時計店だのが日本語の看板を掲げ、およそ日本で見られる商店がすべて揃う。もちろん映画館もあったし、警察や病院、寺まであった。

陽がかげってきた裏通りへ回ると、目当ての古本屋が見えてきた。

ガタつくガラス戸を開けて入っていくと、八畳ばかりの店内の奥に、丸メガネをかけた顎髭《あごひげ》の男が古い漢籍をめくっていた。

「先輩、お久しぶりです」

「おお」と声が返って、男が立ち上がった。

六尺（百八十センチ）を超える巨漢で、肩は小山のように盛り上がっている。メガネの奥の目はギョロリしているが、団子鼻に愛嬌がある。古びた木綿の合わせを着込み、袴をつけたところは学生時代と変わらない。

「元気そうだな。なんだ髭を生やしたのか。どっかの公子様みたいだぞ」

遠慮なく言いながら、大きな手で謙三の肩をたたいた。

仁田内は学生のころからズバ抜けた記憶力をもち、博覧強記で有名だった。年は四つ上だが、卒業年は同じである。それだけ長く大学にいて、嘘か真か、図書館の本をすべて読んだと噂されていた。気性も知識も狭い島国には収まりきらない人物で、ここへくれば租界の詳しい裏情報が手に入った。

「先輩も、お元気そうですね」

「ああ、おかげさまでな。こっちにはどのくらいいるんだ」

「五日です」

「それじゃあ、旅の慰めにこいつをやろう」

帳場の奥にある戸棚から取り出したのは、彩色版画の春画である。三十枚ほどがひとつづりになっており、輸出用だという。

めくってみたが、男の手足が女のように細い。その割に腹が丸く出て、辮髪にしていない漢人だと、纏足かどうかで性別を判断するしかない。

「日本のとは雰囲気が違いますね。どっちが女か、ちょっと見ただけでは区別がつかない。子供が裸になってジャレ合っているようにも見えます」

「まあ、こっちの大人《たいじん》たちは一生力仕事なんかしないですむからな。美食で腹が出てるのは金持ちの証拠で誇らしいことだし」

「日本の春画に出てくる男は、いなせな若い衆が多いですよね」

「魔羅も極端にでかいしな」

豪快に笑って、「参考までに持っていけ」と押しつけられた。

帳場脇には、相変わらずあらゆる新聞が積んであった。

上海はもちろん、手に入るかぎりの各国のものがそろっているはずだ。仁田内が何カ国語を解するのか誰も知らない。

その中に、やや古いつづりがあった。めくってみると、大きな絵入の新聞である。

「おお、それはな『点石斎画報《てんせきさいがほう》』というやつだ。二十年ばかり前に上海で発行されていたんだが、なかなか面白い」

事件記事の中には、公開処刑の鞭打ちやくるぶし破砕の拷問、耳そぎや眼球えぐり、熱湯かけの私刑・虐待など、猟奇的な図柄が数多くあった。描写は細かく、表情までしっかり描きこまれている。

思わず見入っていると、「そういうのが好みか」と、からかわれた。

「好みというか、日本では考えられないなと思いまして」

「まあな、こっちの拷問や刑罰は昔から酷《むご》いものばかりだからな。尋問といえば、最初《はな》からもれなく拷問つきだ。痛めつける前に自白したやつは信用しない。身分差は日本の比じゃねぇし、使用人や下層民なんか、まず人間扱いされない。なんだかんだ言っても、日本人はのんびりしているよ」

「これも、もらっていっていいですか」

緊縛会への土産にちょうどいい。

「ああ、まだ何組かあるからいいぞ、持っていけ」

代金をきちんと払い、二人そろって日の暮れた街へ出た。

自分より背の高い連れと歩くことはあまりない。健三も日本人としては長身なことから、道ゆく人がたまに振り返っていく。

呉淞路を南へ行き、二本目の路地を左へ曲がる。つきあたりは虹口河だが、その手前にしゃれた小料理屋があった。

「知り合いの未亡人がやっている店だ。うまい上海蟹が食える」

藍染の暖簾をくぐって入ったところは、腰板に竹をあしらった風流なこしらえで、椅子席が七つばかりある。接客中だった女将がすぐに振り返り、「あら、左馬さん、いらっしゃいませ」と挨拶した。

年は四十前後だろう。玄人らしい濃い紫の鮫小紋で、銀糸で竹を織り出した白い帯がなんとも粋だ。潤んだような瞳と大きめの口に情の濃さを感じさせる、艶っぽい女だった。

「今日はお連れさま？」

「おう、大学の後輩だ。蟹を食わせてやりたいんだが、あるかな」

秋から冬にかけてが旬の上海蟹は、美味で有名だ。

「ございますとも、お任せくださいな」

奥の席に腰をおろすと、温燗《ぬるかん》が二本出てきた。

仁田内は女にもてる。なにをするでもなく、ただ行儀よく飲んで、けっして自慢話をしない。外見はともかく、育ちの良さがそのあたりに出ている。

女たちの相談にも親身になって乗ってやり、何ごとにも気づかいが細やかだ。馴染みの店ができると、たいてい女のほうからこの巨漢に惚れる。

学生時代に極意を尋ねたことがあるのだが、「そんなものはねぇよ」と、江戸っ子らしい伝法な返事が返った。

「女はみんな観音様だ。男たるもの、ひたすら尽くして喜ばせてやれ」

どうすれば喜んでもらえるのかを知りたかったのだが、「それは自分で探せ」と言われてしまった。女といっても一人一人ちがうのだから、相対したときはその人だけを真剣に見ろというわけなのだ。

今なら「女は一人一人ちがう」と言った本当の意味がわかる。性格や育ちと同じく、体の作りもちがうのだ。どんな言葉が心を打ち、どこをどうすれば喜んでくれるのか、そのつど探っていくしかない。

茹で上がった真っ赤な上海蟹が運ばれてくると、うまそうな匂いが湯気とともにあたりへ広がった。

オスとメスが一杯ずつザルに乗っている。まず足をはずし、腹側にある「ふんどし」と呼ばれる白い部分を開ける。メスはふんどしが大きく、オスは小さい。肺であるガニと胃袋を取り除いて、ミソと身を、仁田内が小皿に取り分けてくれた。

一口食べて、甘みのある素晴らしい蟹の風味に唸った。

「どうだ、美味いだろう」

顎髭のある口が、ニヤリと持ち上がる。

「美味いっす！」

よけいな説明をする時間がもったいなくて、すぐに二口目を頬ばった。

足の身も柔らかく、生姜を入れた酢醤油をちょっとつけて食すのも、また美味い。

噛むほどに味が濃くなる。

酒もすすんで、互いの近況の話になった。

「おまえ、嫁はもらわんのか」

「今のところは予定なしです」

「まだ遊び足りないか」

「そういうわけでもないのですが」

自分は独り者で好き勝手に暮らしているというのに、後輩のこととなると心配になるらしい。

「おまえは俺とちがって、きっちりしているからな。悪い女に引っかかるってぇこともないだろうが、色恋は思案のほかよ。理屈じゃあどうにもならねぇときがあるからなあ」

「そうですねぇ」

思い出すのは、瑠衣子のことだ。汽車の中でも船に乗っているときも、脳裏に浮かばない日はなかった。

「なんだ、急に恋わずらいの顔になったな」

目ざとい仁田内がからかう。

「わずらっているというのでもないんですが、救ってやりたい女《ひと》がいまして」

「救うか」

そうつぶやいて、巨漢は杯を置いた。

「他人の人生を、どうこうしてやれると思うのは傲慢だ。結局は当人が決めることさ。自分を変えたいと、その女が本気で思わないかぎり、かえって迷惑だってことになりかねない」

「……そうですね」

たった四歳しかちがわないというのに、この先輩は悟りすました禅僧のようなことを言う。言葉が身にしみて、思わずため息が出た。

「まあ、だが、きっかけを作ってやることはできる。利口な女なら、一本しかないと思っていた道が実はいくつもあるんだとわかれば、あとは自分で考えるだろう」

「はい」

きっかけは確かに作った。あとは彼女次第なのか。

「おまえ自身が揺るがないことだ。絶対裏切らない味方がいるとわかっていれば、気持ちを強く持って闘える。そういう支えになってやれ」

「支えてやりたいと思っています」

「だが、それ以上の男になりたいってことか」

「迷っています」

「恋を突き詰めると、心中するしかなくなることもあるからなあ」

瑠衣子とは、気が向いたときにだけ肌を重ねるような、気楽な関係にはなれないだろう。だからといって、このままあきらめる気にはとうていなれなかった。

「死ぬなよ、両角。真面目な勤め人になっても、わざわざ上海まで俺を訪ねてきてくれる酔狂はおまえだけだ。おまえと酒が飲めなくなったら、俺は出家して坊主になる」

仁田内の口説きは冗談めかしていたが、本気で謙三の身を案じているのが伝わってきた。

「わかりました。心中したくなったら先輩に相談します」

「おう、絶対だぞ」

割れ鐘のような声で言って、「飲め」と徳利を突き出す。「はい」と受けて盃を重ね、その夜は久しぶりに酔った。

翌朝、ホテルでイギリス式のブレックファーストを済ませると、英国租界をすこし歩いてみることにした。

二年前に、南京路《なんきんろ》で最初の百貨店として開店した永安公司《えいあんこうし》へ、まずは行ってみる。郭《かく》兄弟の経営で、本店は香港にある。南京路と浙江路《せっこうろ》が交わる角に位置し、六階建の堂々たる欧風建築である。衣類、雑貨、食料品などがひととおりそろい、たいした賑わいだ。大戦後の不景気など、まったく関係ないように見える。租界を一歩出れば治安が悪く、のんびり買い物などしていられないが、ここは別世界だ。仁田内によれば、あと数件、百貨店建設の計画があるという。

央子に、汕頭《スワトー》刺繍の白い麻のハンカチを買った。総刺繍の豪華な逸品だ。持っているかもしれないが、ハンカチなら何枚あってもいい。

瑠衣子には、同じ汕頭のハンカチでも、青い薔薇が一隅だけにほどこされたものを選んだ。それにはイニシャルを入れられるというので「R」の一文字だけを頼む。出来上がりは三日後だった。

百貨店のあとは、フランス租界へ足を伸ばした。アールヌーボーの様式を取り入れた曲線的な住宅などもあり、壁の色も鮮やかだ。ほかの租界より、やはりどことなく瀟洒な印象がある。

どこへ行っても感じたのは、これからおおいに発展しようとする熱気だった。雑多であり、自由だからこその高揚感である。

長く続いた一定の形を壊し、新しいものを生み出そうとするとき、世界はいったん混沌に陥る。バンドや南京路の繁栄ぶりの一方で、餓死した貧しい民国人の死体が、毎日のように黄浦江に浮かぶ。

海外資本の商社や銀行がアジアの経済の中心となっている裏では、中華系の闇組織「青幇《チンパン》」が娼館やアヘン窟を牛耳っていた。

上海滞在中、昼は取引のある会社や銀行を回り、夜は各国領事館の夜会や、有力者の食事会へ顔を出した。大戦後の欧州の様子など、日本にいるよりも詳しいことが聞けたし、世界全体の動きについても率直な意見交換ができた。

四日目の夜は、仁田内といっしょに妓楼《ぎろう》へ上がった。

上海は娼妓の数が多く、そのぶん性病もかなり蔓延している。なにも知らずに適当な妓楼に上がったりすれば、厄介なことになりかねない。

それもあって行くつもりはなかったのだが、「おまえ、せっかく上海まできて一人も抱かずに帰るのか。女たちに失礼だろう」と、怒られたのである。

「惚れた女がいるとしてもだ、それはそれ、これはこれだろ。俺に任せておけ」

そう言って仁田内は胸を叩いた。

だが、言われたとおり翌日の夕方、古本屋へ行って驚いた。いつもどこの壮士かと思うようなヨレた袴姿なのに、今夜は見ちがえるような洋装だ。

イギリス仕立てらしきダブルの背広とズボンで、こげ茶の細かい格子柄がしゃれている。渋い濃紺のネクタイもよく似合って、髪もきちんとなでつけてある。メガネまで、いつもの丸メガネではなく、四角い鼈甲縁だ。

胸板が厚く、肩が張って、まともな勤め人にはとても見えなかったが、やはりどこか善人らしさがあった。

あとについてゆくと、娼館が集まるイギリス租界ではなく、アメリカ租界のほうへいく。表の喧騒からすこし離れた、海岸通りに近い場所に、歴史を感じさせる中華風の建物が見えてきた。

「鷗盟楼《おうめいろう》」と篆書《てんしょ》で書かれた扁額が門の上に掲げられている。

「鷗盟《おうめい》」とは、文字どおり鷗《かもめ》と盟約を結ぶということで、隠居した老人などが世俗を忘れて風雅に暮らすという意味だ。

ありきたりな美句ではなく、枯淡の境地にも通じる語句を選んだところに楼主の諧謔味を感じる。

入ってみると、中庭を囲んで部屋がロの字に並ぶ伝統的な作りだった。正面の広間を除き、全部で十室ほどあるだろうか。それぞれの部屋の窓の格子は赤く塗られ、回廊の軒先には古風な灯籠が釣られている。ここだけ百年の時が止まったかのようだ。

「紹介がないと入れない特別な妓楼だ」

先輩の耳打ちに、緊張感が増していく。娼妓をつれて中庭を横切っていく男たちも、みんな金のかかった身なりをしている。

出てきた中年女性の案内で手前の部屋へ入ると、紫檀の丸い卓に茶菓が用意されていた。広さは六畳くらいだろう。花鳥を描いた螺鈿細工の漆簞笥と中国式の寝椅子が置かれ、色とりどりの繻子の布がかけてある。生絹《すずし》を貼った壁際を、香炉の紫薫がゆったりと漂っていった。

ほかの部屋からの低いざわめきは聞こえてくるが、上海の街中とは思えないほど静かだ。

しばらくすると、二人の女性が入ってきた。

旗袍《チィパオ》と呼ばれる上から下までひと続きの服で、襟は高く、脇が太腿のあたりまで割れている。裾からは、刺繡入りの美しい靴に包まれた纏足《てんそく》が見えた。

明るい朱色を着た娘は仁田内の馴染みらしく、すぐ横に座る。小花《シャオフオワ》の名のとおり、筆でひと捌《は》けしたような目と小さな口が愛らしい。

小柄なので、仁田内の半分くらいにしか見えない。あの巨漢が上に乗ったらつぶれてしまいそうだ。

謙三の横に来たのは、翡翠色をまとったしとやかな雰囲気の美女だった。小花と同じように髪を二つに分けて丸く結い、切れ長に見せる目の化粧をほどこし、真っ赤な紅を唇にさしている。

綾香《リンシャン》と名乗ったその娼妓は、ジャスミン茶に湯をそそぐと、優雅な手つきで二人の客にふるまった。

「酒はどうする」と、仁田内が訊いてくる。

「いや、そんなに飲みたくはないので、なくても……」

「おまえ、こういうとこへきたら酒は必ず頼むものだぞ。俺が訊いたのは、種類だよ」

「あ、はい。じゃあ、紹興酒を」

コクがあって好きな酒だった。

「食い物は？　料理は何にする」

「適当に二、三品お願いします」

「おい」と、さっそく先輩の指導が入った。

「日本人は、これだからナメられるんだ。そんなこと言って、バカ高いものばっかり運ばれてきたらどうするんだ」

ごもっともだった。

「ああ、もういい。俺が注文してやるから、文句言わずに喰えよ」

あまりにも場慣れしていない後輩に業を煮やしたのか、勝手に決めて流暢な中国語で注文する。

「酒と料理はそれぞれの部屋へ運ばれてくるからな。じゃあ、がんばれよ」

言うだけ言って、小花の肩を抱き、先に部屋を出ていった。

残された謙三は、綾香の手を取った。中国語は不得手だったが、なんとかなるだろうと腹をくくる。

中庭へ出ると、ぐるりと囲む灯籠の仄暗い光が、なんとなく故郷の盆踊りを思い出させた。

盆踊りは中央に櫓を組み、そのまわりに提灯を釣る。死者が戻ってくると言われる四日間、笛や太鼓で踊り明かすのだ。

非日常という意味では、妓楼も同じなのかもしれない。

綾香が案内してくれた部屋は、やはり六畳ほどの広さで、紗の幕で仕切られた奥に寝台があった。手前には、卓と二人分の椅子が置いてある。

幕を引き開けると、光沢のある絹布団が見えた。

すぐに酒食が運ばれてきて、二人きりになる。

酒をつごうとするのを押しとどめ、「纏足を見せてくれないか」と、片言で言ってみた。今夜はそれが第一の目的だった。

妓女はニッコリと笑い、寝台に腰掛けて両足の靴を脱いだ。

纏足は千年ほど前、男の歓心をかうために漢民族の女たちのあいだで始まった。まだ足が柔らかい三歳から五歳くらいのうちに親指以外の四本を裏側へ折り込み、甲も曲げて包帯できつく縛る。

こうして「三寸金蓮《さんずんきんれん》」と俗に言われる小さな奇形の足をつくるのだ。

近年になって何度か禁止令が出たが、纏足をしていない娘は嫁にいけない地域が今も多い。

纏足が千年もの命脈を保ったのには、男たちの偏愛が大きな理由としてある。片手でにぎりこめる小さな足は愛らしく、庇護欲をかきたて、支配欲を満足させる。また、歩きにくくなるため、女を家に閉じこめておくためにも都合がよかった。

綾香が、竹の子のように尖った足から幅の広い布を手早くほどいていくと、白桃色の肌が現れた。

差し出された足先を手にとってみると、親指のほか、四本の指がきれいにそろって裏へ折り畳まれている。甲の側からだと、二股に分かれた蹄のようにも見える。

歩くときに下敷きとなる四本指はほぼ平らにつぶれ、甲が丸く盛り上がり、かかとと指先の間には深い溝がある。甲の部分で二つに折り曲げているわけだから、分厚い粘土板を曲げたときのように溝ができるわけである。

これもなにかのついでに仁田内から聞いた話だが、指がきれいにそろって折り畳まれているのは貴重だという。指があっちこっち向いて、不格好につぶれているもののほうが多いらしい。

また、溝の刻まれ方も均一でなかったり、全体の格好が悪くてタコができていたりするものも珍しくないそうだ。母親がズボラだと良い形に出来上がらないと聞いて、感心したことがある。

下手な中国語で「きれいだ」と言うと、綾香はうれしそうに笑った。

おそらく、この妓楼の娼妓たちは纏足まで吟味して、美しい者が集められているのだろう。

手のひらにすっぽり収まってしまうその小足を、そっとにぎってみると柔らかい。痛くないか訊くと、大丈夫だと言う。

たたまれた指と足裏のあいだへ慎重に中指を入れていくと、案外しっかりした骨の感触があった。

そのまま中指を前後させたり、かかとと足裏のあいだの溝にも小指を入れて深く探ってみる。なにかの小動物を可愛がっているような不思議な気分だ。

そうするうちに、うしろへ手をついて足を持ち上げてくれていた綾香が、寝台の上へ仰向けになった。自然と開いた足の奥が丸見えになる。旗袍の下には何もつけておらず、驚いたことに秘花はたっぷりと蜜をたたえていた。

纏足を見せてもらったら、それ以上はしないつもりだったが、そういうわけにはいかなそうだ。折り畳まれた足に触れることはそのまま愛撫になるらしい。

それとも、この娼妓がそういうたちなのか。薄く唇を開いて目を閉じた様子には、落花を待ちのぞむ風情がある。

旗袍を脱がせると、肚兜《ドゥドゥ》という胸当てが現れた。

日本で言うなら金太郎の腹掛けのような形で、鎖骨のあたりから下腹部の半分までおおう真紅の絹に、大きな牡丹の花がさまざまな色糸で刺繡されている。豪奢でもあり、男を誘う淫花のようでもあった。

すぐにでもはぎとってしまいたいところだったが、せっかく民国の美女と枕を交わすのだ。異国情緒を堪能することにした。

纏足を手に持って足を開かせ、肚兜の下から手を入れる。下腹をゆっくりとなで、進んでいくと、驚くほど豊かな乳房に行き当たった。

綾香の顔を見ると、頬が上気し、細い眉が寄っている。悪くないようだと思い、茂みから乳房の下までをなんどか往復してみる。

するとと、男の腰をはさんだ太腿が、じれったそうに左右に揺れた。

もっといいところへ触れてほしいのだろう。だが、まだだ。

腹をさすっていた右手を尻へ移し、左手で太腿を持ち上げ、口づけながらふくらはぎのほうへ移動していく。足首から先はすこし力を入れて握り、強く吸った。

妓女の呼吸が早くなった。やはり足が感じるらしい。足先を軽く噛むと、秘裂がそれとわかるほど潤った。

もう片方の足も同じように愛撫すると、綾香はせつなげに見上げてきて、何か言った。おそらく「早くきてくれ」というようなことだと解釈する。

謙三は細くくびれた腰に腕を回し、滑らかな白い体を浮かせると、背中と首で結んである肚兜の紐をほどいた。

思った以上に白く豊かな乳房が現れた。綿菓子のようにフワフワとして、指が簡単に沈み込むほど柔らかい。

先端のとがった果実を咥えると、細腰が大きくしなった。あえぎながら男の腕をつかんでくる。

乳房をゆっくりもみ上げ、弾力の強い肉蕾を舌で刺激してなぶると、娼妓は身をよじって声をあげた。

その様子があまりにも愛らしく、首を抱いて唇を合わせる。向こうから出してきた甘い舌を吸ってからめ、上顎や頬の内側をこすった。

互いの肌が汗ばみ、室内に熱気がこもっていく。

謙三は花口のほどけ具合を指で探ると、痛いほど膨張して血管が浮き出た己を沈潜させていった。

すぐさま歓喜の声があがった。

乳房が震え、纏足の足がしっかりと腰に絡んでくる。女芯の内部は充分に潤い、男根に沿ってヒタと吸いついてきた。

思わず唸ると、ますます締めつけてくる。しかし、簡単にイッてしまってはもったいない。

松葉崩しにして片足を持ち上げ、再び纏足を甘噛みする。その間も腰を振りつづけると、妓女は嬌声をあげ、わからぬ言葉を次々に口走った。

いったん抜いて後背位にする。中の角度が変わると締め方も変わり、これ以上こらえるのはとうてい無理な気持ちよさだ。

妓女のほうは、大きな乳房を振りながら息も絶えだえにすすり泣き、悶えている。

結った髪が脇から解け、いく筋もの黒髪が首や頰をおおっていた。

背骨に沿って手のひらでなで上げ、軽く首を締めると、「ヒィ」と言ったきり、自分で息を止めた。

くびれた腰から下が痙攣する。肉の内部が恐ろしいほど締まり、陰茎を強く吸い上げる。

謙三は二、三回激しく突いて抜き出すと、きれいに骨の並ぶ背中へ勢いよく精を放った。

崩れ落ちようとする綾香の体を受け止め、白濁を枕紙で拭ってやる。それから静かに布団へ降ろした。

並んで横たわると、女のほうから腕を回し、足を絡ませてきた。

こちらがわかるように、あれこれ短い単語を並べてくる。どうやら、こんなに優しくしてもらったのは初めてだと言いたいらしい。

花代はすんでいるから朝までいてほしいと言って、謙三の胸に顔を埋めてきた。

それが手管なのかどうかわからなかったが、仁田内からは「おまえの好きなときに帰っていいぞ」と言われている。だったら、この異国の美女ともうすこし楽しもうかという気になった。

「謝謝《シェシェ》」と礼を言い、綾香を抱きしめる。

胸元から「あなたが好き」と、たどたどしい日本語が聞こえてきた。

額に口づけると、いっそうしがみついてきて、謙三の分身をにぎる。そこまでの積極性を見せられたことはなかったので、「これが上海の女か」と、内心感動を覚えた。

口戯は絶妙だった。指で輪を作って根元をきつく締めると、亀頭のくびれに舌を這わせ、音を立てて吸い、喉の奥深く呑みこむ。そのまま絞りあげながら、裏筋を舌で刺激してきた。

柔らかくなっていた男根は瞬く間に回復し、娼妓のいい玩具になった。

長い舌が根元から先へと舐め上げていく。唾液をすする音もいやらしく、亀頭の先を割って舌先が入りこむと、妙な気分になる。

それからしばらくのあいだ、綾香はうれしそうな顔で嚙んだり舐めたりしゃぶったりして、淫らな音をたてた。

「好きなのか」と訊くと、咥えたまま「うん、うん」と首を振る。

最初、しとやかそうに見えた顔はすっかり悦楽にとろけ、いっそう美しく輝いていた。その落差が、また情欲をそそった。

自分で勃てた逸物の上に乗ってきた娼妓を、下から思いきり突き上げる。

男の胸に手をつき、風船のような乳房を大きく揺らしながら、歓喜の声をあげる様子はただの手管とも思われず、謙三はいつしか夢中になっていた。

これほど無心に女を抱いたのは、久しぶりだったかもしれない。

明け方、「上海に来たときは必ず寄ってくれ」としつこいほど念を押され、舌を絡める濃厚な接吻をして妓楼を出た。
三、四回射精したのと寝不足で若干ふらついたが、気分はスッキリしていた。やはり先輩の勧めに従ってよかったと、謙三は感謝した。

上海滞在最後の日、主要なところへ帰りの挨拶をしてまわり、いくつか土産物を買い足した。

仁田内のところへも寄ると、ニヤニヤしている。

「綾香が相当なご執心だぞ。おまえ、何をしたんだ」

聞けば、彼女は鴎盟楼《おうめいろう》一の美妓なのだという。人種を問わず贔屓《ひいき》がいて、そう簡単には会えない娼妓だと知って驚いたが、納得もした。

「特別なことはしていませんよ。纏足を見せてもらって、あとは普通にさせてもらっただけです。彼女のもてなしのほうがすごかった」

「ほう！　一見《いちげん》のおまえに、纏足を見せたのか。よっぽど好みの男だったんだな」

そんなに特別なことだったのかと、今になって冷や汗が出る。高級な妓楼の厳格な規律を破れば、無粋な客だとして二度と上げてもらえなくなる。

「まあ、俺の大事な友だちだとは言ってあったが、嫌なことはしなくていいとも伝えてあったしな。畢竟《ひっきょう》、気に入られたんだろうさ」

どうも話を聞いていると、仁田内はあの妓楼に相当顔がきくらしい。

「先輩、そんなにあそこの馴染みなんですか」

「ああ、まあな。俺の店だから」

「はあっ？　えええっ！」

昔から何をやって暮らしているのかよくわからない男だったが、まさか妓楼の主をやっていようとは。

「よく、ご実家から許してもらえましたね」

なにしろ元は五千石の大身旗本である。まちがいなく名家で、今も裕福で、しかも彼は嫡男であった。

「いや、上海に行くと言ったら勘当された。家は腹違いの弟が継ぐことになっている。

俺は何をしてもいい気楽な身分さ」

巨漢は、心底愉快そうに笑った。

もともと大家の跡取りなど性に合わなかったのかもしれないが、なにか事情があって異腹弟に気をつかったのだろう。仁田内には、そういう俠気《おとこぎ》がある。

神戸行きの船は無事火曜日に上海を出港し、来たときと同じように長崎に寄港したのち、二日後の夕方に神戸へ着いた。支社の連中と土産話をしながら夕食をともにし、金曜日の早朝、東京行きの汽車に乗る。

四ツ谷の借家に戻ったのは夜の九時過ぎだった。

借家には、今年に入ってから引っ越した。元は隠居所だったとかで、木材なども良いものを使ってある。

通りに面して格子戸つきの木戸門があり、台所のほか、六畳と八畳の二間続きに、四畳の板の間がついている。ちょっとした庭や風呂もあって、独身者には充分すぎるくらいだ。

週二日、通いの家政婦がきて、掃除洗濯、常備菜の調理、繕い物などをしてくれていた。

書斎として使っている板の間に荷物を置くと、たまった郵便物を仕分ける。その中に、瑠衣子からの手紙があった。三日前の消印である。

開けてみると、美しい筆字の巻紙だった。

＊＊＊

両角様

上海から無事お戻りでしょうか。あなた様のことですから、お仕事も首尾よく運び、あまたの成果を手にご帰国なさったことでしょう。

わたくしは女学校時代に読んだ「THE PRINCESS OF CLEVES」を思い出し、日本橋へ参りましたついでに丸善で買い求め、読み返しておりました。

ご存知かと思いますが、王族のクレーブ王子に愛されて妻になったマダム・クレーブが、宮廷一の美男ヌムール侯爵に懸想《けそう》され、ご自身も初めての恋を知り、苦悩する物語でございます。

身を汚すような不徳はなさらなかったものの、お気持ちを断ち切ることができず、結局そのことで御夫君は傷つき、亡くなってしまいます。ご自身も修道院へ入ってのち、若くしてお亡くなりになります。

読みました当時は、なんておかわいそうな方かと思いました。ですが、貞節を守った点は大変立派だと思い、我が身に起こったなら、わたくしも必ず身を守り、夫を愛せずとも尊敬して生きていこうと心に誓ったものでございました。

殿方を愛するということが、どういうものかを知らない子供だったのでございます。お堀端から戻って以来、あなた様を忘れることなどできようはずもなく、尽きぬ想いを隠すことに汲々としております。

広い世界でのびのびとご活躍なさるあなた様を想う時、わたくしが守ろうとする世界のなんと狭いことでしょう。外から見れば、わたくしの日々の憂いなど、本当に小さなことですのね。そのことに気づけただけでも、感謝申し上げます。

わたくしは、この恋を自分に許そうと思います。それが、あなた様への感謝の証しであり、精一杯の誠意でございます。

やはり人は与えられた場で生きねばなりません。わたくしが守ろうとする世界は、心のままに振る舞うならたちまち壊れてしまうもろい城廓でございます。恋に殉じて娘たちを好奇の目に晒すことなど、わたくしにはとうていできません。夫が、けっして尊敬できる人ではないとしてもです。

マダム・クレーブのように心砕かれ、失意のうちに逝くのではなく、あなた様の面影を固く胸に秘め、いっそう苦しい道を進んでいく所存でございます。

ですが、あなた様には、わたくしのことをお忘れいただきとうございます。そう申し上げるのもおこがましいほど、あなた様にとってはほんのひと時の相手だったかもしれませんが、もう思い出す価値もない出来事として、お堀の水底へでもお沈めくださいまし。

ますますのご活躍を、心よりお祈り申し上げます。

瑠衣子

＊＊＊

読み終わって謙三は、その手紙を丸めて捨てたい思いに駆られた。

自分は忘れないがおまえは忘れろと勝手なことを言う。

そこにあるのは瑠衣子の正義ばかりだ。これがいちばんの解決策であり、最善の道だとこちらに押しつけている。

自分さえ我慢すれば丸く治るだろうというのは、これまでとまったく変わらない思考回路だ。

離れていたことで、せっかくこちらに来かけていた振り子が、また元に戻ってしまった。考え癖というのは、よほどのことがない限り変わらないのだろう。

「他人の人生を変えられると思うのは傲慢だ」と言った仁田内の言葉がよみがえる。

「THE PRINCESS OF CLEVES」は、読んだことがあった。十七世紀にフランスで書かれた心理小説の嚆矢《こうし》として有名な作品だ。英語版なら手に入れやすい。

率直に言って、ヌムール侯爵は度胸がたりないし、マダム・クレーブの態度はもどかしい。作者のラファイエット夫人は、恋によって評判を落とすのは婦人のほうであることとの不条理を、悲劇に仕立てて見せたのではないかと、昔も今も思っている。

翌日の土曜日、出社した謙三は土産物を持って本社の社長室を訪れた。

「お帰りなさい」

ニッコリ笑って立ち上がった央子の颯爽とした姿を見ると、やはりどこか安心する。

「行ってまいりました」

部下としての挨拶をして、神戸で持たされたチョコレートと、上海土産のパイン入り焼き菓子を渡す。

それとは別に、贈答用の箱に入れてもらった汕頭刺繡のハンカチを差し出すと、ひどく喜んでくれた。

「まあ、ありがとう！　素敵ねぇ。こういう美しいものは、何枚あってもいいのよ」

しばらくうれしそうに眺めたあと、改めて「ありがとう」と言って、また箱にしまった。

出張の報告がすんで、いくつかの指示をもらったあと、「お願いがあります」と、切り出した。

「急で申し訳ありませんが、明日の日曜日、泉堂伯爵夫人をお屋敷へ呼んでいただけないでしょうか。東京駅へ見送りにきていただいたので、お土産を買ってきました。直接お渡ししたいのです」

「それは構わないけど、あなた……あの方を困らせていないでしょうね」

「解釈によりますね。僕は困らせていないと思っているし、夫人には自由に道を選ぶ権利がある」

「思わせぶりね」

央子は笑って年下の愛人を見たが、それ以上は何も言わず、受話器を取り上げて交換手に泉堂家の番号を告げた。さいわい瑠衣子はいて、明日も都合がつくという。

謙三が土産物を渡したがっていることを伝えると、かすかにもれてくる向こうの声がしばらくとぎれた。

女社長はチラリと部下を見上げ、「どうする？」と目顔で訊いてくる。だが、返事をする前に、再び声が聞こえてきた。

〈わかりました。お気づかいありがとうございますとお伝えください……ええ、三時に伺いますわ〉


日曜日、初冬の空には雲が広がり、ときおり冷たい風が吹いて雪にでもなりそうな気配だった。

瑠衣子は、運転手つきの自動車で永峰邸へやってきた。

藤色の地に雪輪と椿を描いた友禅が、いつも以上に高雅な印象を与える。琥珀色の瞳に藤色がよく似合っていた。

応接間で相対した央子は、黒のタフタのドレスに、鮮やかな刺繍のある真紅のショールを肩にかけている。くつろいだ中にも威厳が漂う装いだ。

謙三は紅茶の置かれたテーブル越しに、イニシャルを入れてもらったハンカチ差し出した。

愛想よくしながらも、ずっと緊張した面持ちだった伯爵夫人は、一瞬だけ顔を輝かせ、それから礼儀正しく受け取った。

「ありがとうございます。お見送りに行っただけですのに、お土産をいただくなんてかえって申しわけない気がいたしますわ」

永徳の社長が如才なく応じる。

「両角は、そういうところが抜かりなくてマメですのよ。同僚にも私にも、ちゃんと忘れずに何かしら買ってきてくれますの」

だからここまで出世したのだと、暗に匂わせるからかいに、瑠衣子も自然な笑顔を見せた。

「では、遠慮なくちょうだいいたします」

そう言って箱の蓋を取り、薄紙を開いた。

「あら、まあ」

とりつくろったものではない、心からの感嘆の声がこぼれた。

横から覗き込んだ央子も、「きれいねぇ」と感心している。

一隅だけの刺繍ではあるが、総刺繍に負けない雅趣がある。人によってはこのほうが好みの場合もあるだろう。瑠衣子は、そうした類の婦人だった。

「イニシャルが入っていますのね」

「R」は水色の糸で縫い取ってあり、謙三を見る彼女の目には、美しいものを愛でる素直な喜びがあった。

「これだと入れられると聞きましたので。お気に召していただけたようで、安心しました」

「ええ、ええ、とても気に入りましたわ。大切にいたします。ありがとうございます」

真っ白なハンカチを胸に押し当てて礼を述べる。その瞳は潤んでいるようにも見えた。

上海で見聞きしたことを面白おかしく語って二人を笑わせ、またたく間に二時間がすぎた。

窓の外に白いものがちらつきはじめたのを合図に、「わたくし、そろそろお暇しますわ」と、瑠衣子が立ち上がった。

「あらまあ、雪ですわね」と言った央子も無理には引き留めず、「どうぞ、またいらしてくださいな」と、送り出す。

玄関前につけられた泉堂家の自動車の扉が開かれると、夫人はそこで振り返り、思わぬことを言った。

「両角様もごいっしょにいかがですか？　こんな空模様ですし、四ツ谷なら帰り道の途中ですから」

「あら、それはいいわね」と、すかさず言ったのは央子である。

二時間のお茶会で、謙三と瑠衣子の関係はそう悪いものではなさそうだと推測したのであろう。むしろ応援してくれる気になったらしい。

悪意のない顔でニコニコと笑っている社長の様子に安堵し、「では、そうさせていただきます」と、夫人のとなりに乗り込んだ。

瑠衣子に渡したハンカチの箱の薄紙の下には、古い漢詩の一節を書いた紙片を、たたんで入れておいた。何か入っていることは、開けたときにおそらく気づいただろう。

　　有美一人（美しき一人《いちにん》有り）
　　傷如之何（傷《いた》めども之を如何《いかん》せん）
　　寤寐無爲（寤寐《ごび》為す無く）
　　涕泗滂沱（涕泗《ていし》滂沱《ぼうだ》たり）

美しい女《ひと》がいる。思い悩んだところでどうしようもない。

寝ても覚めても何ひとつ手につかず、涙があふれる。


漢詩の紙片のことがあったので、見られるとまずい人間のいないところで箱を開けられるよう、央子に頼んだのだ。

今日のところは、ハンカチとその詩を渡して瑠衣子の出方をみようと思っていた。

(だが、これは予想以上の展開になったな)

うれしいにはちがいなかったが、運転手がいるのだから不用意なことは言えない。

そこも計算しての誘いだろうとは思った。

「本当に楽しゅうございましたわ。こんなお茶会なら毎日でも呼んでいただきたいくらい」

並んで座る瑠衣子の声は弾んでいた。

「喜んでいただけてなによりです」

「上海の租界は、とても面白そうなところですのね」

当たり障りのない、つまりは意味のない会話が進んでいく。

「また、お土産話を聞く会を催してくださるよう、央子様にお願いしようかしら」

そのような場なら、謙三にも会うということか。

一人で勝手に関係を精算したつもりになって、さっぱりと後ろめたさなしに接しようとしているのが憎らしく、

「社長の命令がなくても、お望みとあらばどこへでも伺ってお話ししますよ」

そう言ってみた。

伯爵夫人は、ふっと小さく笑って、「そうですわね。考えてみます」と、気の無い返事を返してよこす。

そして、またハンカチの箱を出して眺めた。

「美しいですわねぇ。日本の刺繍とはまたちがって、ため息が出ますわ」

そう言いつつ、さりげなく薄紙の下の紙片を探る。謙三は前を見て、知らんふりをした。

開いて漢詩を読んだ夫人は、文字に繰り返し目を走らせ、やがてその紙片を持った両手を膝に下ろした。

頬には涙が伝わっていた。

そこから四ツ谷までの二、三分を、二人は無言で過ごした。

謙三の家の前に自動車が止まる。

「つきました」と運転手が言って、後部座席の扉を開けるために運転席から降りる。その隙に、彼は伯爵夫人の手をすばやくにぎった。

ハンカチの入っていた箱が膝から落ちてかすかな音を立てる。

「ヌムール侯爵の轍《てつ》は踏みません。ご主人に知られたくなかったら、次の日曜の午後、ここへ来てください」

早口でそれだけ言うと、開けられた扉から降りた。瑠衣子はこわばった顔つきのまま、会釈だけを返してよこした。

彼女とは、これからも何かしら手を考え、会いつづけるつもりだった。

だが、これまでと同じような会い方をしていてもらちがあかない。同乗させてもらったのを千載一遇の機会とばかりに、思いきって卑劣な手を使ってみた。

あの貞淑な夫人はさぞかし動揺しているだろう。ひどいことをしている自覚はあったが、後悔はしていなかった。

自動車が角を曲がって見えなくなるまで見送ると、彼は雪を払って家へ入った。たった三十分ほどで、だいぶ本格的な降りになってきていたのだ。

今夜は冷えそうだった。

結城紬の普段着に着替えると、風呂に水をため、焚き口へ薪を放り込んで火をつける。台所で酒の燗をつけ、出汁をきかせた大根とがんもどきの炊き合わせ、それから鮪《まぐろ》の角煮で晩酌をしはじめた。

日曜日の夜ということもあって、ひどく静かだ。雪の降りようを見れば、誰も出歩きたいとは思うまい。

謙三は、瑠衣子を抱くと決めていた。あれだけ己の正義に凝り固まった女は、そのくらいのことをしないと突き崩せない。自分を変えるきっかけにさえ、なってやれないだろう。

だが、その先はどうする。

彼には、伯爵の娘二人を含め、すべてを引き受けるつもりがあった。

東京には居づらくなるだろう。仕事も積み上げた信用も放り出し、誰も知る者のいないところで一から出直すしかない。

いっそ、上海へ行くのもいいかと思った。央子なら「それもいいわね」と言って、快く送り出してくれそうな気がした。

次の日曜日、果たして伯爵夫人はやってきた。

玄関の三和土《たたき》で、黒と白の亀甲飛白《きっこうかすり》に麦色の道行を着てうつむいている。その顔は殉教者のように陰鬱だ。

わざと冷たく「上がってください」と声をかけた。

瑠衣子は、キッと顔をあげると、「卑怯者」となじった。

唇を引き結んで目に力を込め、ろくに化粧もしていないのに、驚くほど美しい。寒さゆえか、怒りからか、頬は血の気が引いて青白い。

「こんな人だと思わなかった！」

「それは残念でした。僕は元からこういう男です」

露悪的に言って、手首をつかむ。これ以上玄関で言い争うつもりはなかった。

ひっぱり上げて六畳へ連れ込み、敷いておいた布団の前で唇を貪った。

抵抗を覚悟していたが、夫人は体を固くしたまま、されるがままになっていた。拒めないなら、けっして反応するまいと決めているようだ。

だが、そんな態度は長く続かなかった。

髪が崩れるのもかまわずに後頭部を強くつかみ、深く舌をさし込んで口腔を蹂躙する。人力車での接吻などものの数にも入らないような激しい口づけに、瑠衣子の息が上がってきた。

唇を合わせながら道行を脱がせ、帯を解く。襦袢姿にしたところで髪から鼈甲の櫛を抜き、布団の上に押し倒した。

そこで改めて彼女の顔を上から見下ろした。力の入っていた目元はゆるみ、涙を浮かべている。口のまわりは濡れて光り、閉じることも忘れて荒く息をついでいる。

「あなたは僕に犯される。自分の意に反して、無理やり手籠にされる」

貞淑な女の気持ちを代弁するかのように言ってやって、襦袢の紐をほどいた。

「抵抗されると面倒なので、両手を縛ります」

溶けた瞳が見開かれた。

「い、いや！　やめて！」

「そう言われると、ますます縛りたくなる」

男の力にかなうはずもなく、華奢な手首は頭の上でひとまとめにされ、腰紐で縛られた。

「さて、次ですが、自分を犯す男の顔など、見ていたくもないでしょう」

そう言って、脱がせた着物と帯の下から伊達締めを抜き取り、不安げに揺れる目の上を覆って頭の後ろで縛った。

「これでいい。卑怯な男に無理やり手籠にされる哀れな女ができあがった」

荒かった息が、悲鳴のように細く絞られる。

まだ彼女に好かれていることは確信していた。したがって、無理やり犯しても芯から傷つけることにはならず、むしろ喜びをもたらしてやれるだろうという密かな自信もあった。

だが、貞女はその喜びを素直には認めないだろう。彼女の誇りを守ってやるには、なにか言い訳が必要だ。それが、手を縛り、目隠しをして、いかにも強姦の体《てい》を作り出してやることだった。

こうすれば、「私は仕方なく体を差し出したのだ」という筋書きが生まれ、罪悪感を減らすことができる。

襦袢の前を開くと、肌襦袢の下から真珠の光沢を持つ乳房が現れた。一点の陰りもなく、誰も足を踏み入れたことのない雪原のように清らかだ。

「ああ!」

男の目に裸体をさらした瑠衣子は、苦悩と官能のはざまであえぎを放った。

足首をつかんで両足を開いてみると、湯文字にシミができるほど濡れそぼっている。

「濡れている」

そう教えて、聖女を辱めた。

「いや！　嘘よ！」

悲痛に叫ぶが、淫らな粘液はますますあふれ、体は言葉を裏切りつづける。

謙三は手早く裸になると、成熟した白い体にのしかかった。

下腹も乳房も、熱を持って吸いついてくる。

「ああっ」と、抵抗のためにあげた声には、聞き逃せない愉悦が含まれていた。

「しいっ」

そう言って、濡れてふっくらした唇を指二本で押さえる。

「嫌いな男に犯されるんだから、声は聞かせないで。許されていると思ってしまいますよ」

夫人はとたんに口をつぐみ、奥歯をかみしめた。

「それでいい」

見えない笑顔を作っておいて、首へ歯を立てた。

痕は残らないよう、軽く噛んだり吸ったりしていく。同時に、指先で胸の先端をいらった。

かみしめた奥歯がゆるみ、唇が開くのに何分もかからなかった。

瑠衣子の肌は、全身が透きとおるように白かった。乳首の色も淡く、茂みも瞳と同じように茶色がかっている。

蜜の絡んだ柔襞は、透明な飴細工のようで、指でかき分けると下半身が小刻みに揺れた。

「きれいだ」

思わずつぶやくと、喉の奥からすすり泣きが聞こえてきた。鼻腔に共鳴して、ひどく淫らに響く。

乳首の根元を甘噛みしながら、秘花奥に指をさし入れると、背中が大きくうねった。空いているほうの手で縛った手首を押さえ、なおも秘花を責めると、喜悦の声が止まらなくなった。

指二本で天井の膨らみをこすり、奥の空間をかきまわす。子宮口をなで、指を開いて空間を広げまた閉じる。

聖女らしからぬ粘液のいやらしい音をたっぷり聞かせながら、親指で陰核に触れた。

「あああ！」

大きな声があがって、背中が浮き上がる。強めに刺激すると、腰を振って逃げようとした。

謙三はすかさず自分の体で押さえ込み、なおも刺激しつづけると、瑠衣子はとうとう音をあげた。

「やめて！　ダメ！　変になってしまう！」

「なってしまえ！」

言葉とは裏腹に、肉の内側は男の指をつかんできつく締め上げてきた。腰を自由にしてやると、両足がピンと伸びて爪先まで力が入る。縛られた両腕も肘のところで引き絞られ、全身が弓形になった。

悲鳴のような声をしきりに響かせた直後、貞淑な伯爵夫人はついに絶頂した。

あるいは彼女にとって初めての経験だったかもしれないと思いながら、謙三は己の鉾《ほこ》を秘裂に突き立てた。

まだ硬直のとけない女体へ、力強く腰を進める。

そこからの瑠衣子は、完全に慎みを失っていた。思うさま声をあげ、身をよじり、男の腰に両足を絡めてイキつづけた。

やがて、白い下腹に精が放たれると、しがみついていた足がばたりと音を立てて布団へ投げだされた。

手首の紐をほどき、目隠しをとってやっても目をさまさない。

襦袢を羽織って、火鉢の鉄瓶から手拭いにすこし湯をこぼし、下腹を拭いてやっていると、ようやくまぶたが上がった。

「大丈夫ですか」と、声をかける。

まなざしはぼんやりしていたが、ややあって「ええ」とかすれた声が返った。

自分の状態もわからず、ただ機械的に言っているだけのような返事だ。

小さく笑いをもらすと、やっと人間らしい光が瑠衣子の目に戻った。

「すこし休むといい」

布団をかけてやろうとすると、無理に肘をついて起き上がってきた。

「いいえ、もう帰ります」

そう言う声が、まだ普通ではない。薄紅の綸子の襦袢は肩先に引っかかっているだけで、ほぼ全身が剝き出しだ。髪は完全に崩れ、顔に乱れかかっている。

情事の相手だけが見ることのできる、しどけない美しさだった。

謙三は乱れた髪に手を差し込み、頭を引き寄せて唇を合わせた。伯爵夫人は抵抗しなかった。

ゆっくりと角度を変えて何度も味わい、名残惜しい思いですこし顔を離す。

瑠衣子はまつ毛を半分伏せて、男の唇を見つめていた。

「ご満足？」

醒《さ》めた声が、二人の唇の間を吹き抜ける。もうすっかり自分を取り戻したらしい。

謙三は苦笑しながら、長い髪から手を抜き、体を完全に離した。


「強姦ごっこ」は、それから週に一度ずつ、三回続いた。日曜日ばかりだと勘づかれる恐れがあるため、平日に時間を都合した。

毎回必ず手首を縛り、目隠しをした。瑠衣子がそれを望んだのだ。

三回目に後背位でしたときは、背中で手首を重ねて縛った。

枕に片頬をつけて尻を高く上げる屈辱的な体勢だったが、このときの濡れ方が最も豊かだった。

試しに手拭いで猿轡もしてみると、いっそう感じて絶頂を続け、終わったあと二十分も起き上がれないほどだった。

目を覚ましてからも、ぼんやりと天井をながめやり、並んで横たわる謙三が手をとっても振りほどかない。それどころか、指を絡めさえしたのである。

「昼間は夢中になっていろいろしているから紛れるけれど、夜、寝床へ入ると、いつも泣いてしまう」

ひとり言のようにつぶやく声はうつろだった。謙三は掛け布団の下で絡みあった手を上に引き上げ、指一本一本に口づけた。

「マダム・クレーブも泣いていましたね。あなたの涙も同じ理由ですか」

「そうねぇ……」

同じだとも違うとも言わず、伯爵夫人は男に手を預けたままだった。

ねっとりと溶けて柔らかくなった蜜沼に、指を二本沈めてやると、顎を上げて甘いため息をこぼした。

「自分がこんなふうになるなんて……思いも……しなかった」

言いながら、自ら腰を回して男の指を深く呑み込もうとする。

さらに奥で指を開いて陰核も刺激すると、肩にしがみついてきた。

「あなたの……指……長くて……あっ、奥が！」

再び締まりはじめた内側は、体中のどこよりも熱かった。

謙三は指を引き抜くと、しなやかな両足の間に体を割り込ませ、充分に回復して反りかえる己で貫いた。

目隠しも手首の拘束もなく、瑠衣子は悦びの声をあげ、男根を締めつけた。

第七章　伯爵夫人の決意

十二月に入ると、不景気だった街もそれなりに活気づいた。伯爵夫人は教会で行われるクリスマス会の準備に忙しく、謙三は謙三で年末の仕事に追われ、週に一度の「ごっこ」が二度休止となって、月半ばを迎えた。

朝から重い鈍色《にびいろ》の雲におおわれていた空から、夕方になって雪が舞い降りてきた。半日で終わるはずの土曜日の仕事が残業で夜になり、家に帰ったのは七時である。

炭をおこして部屋を温め、さて食事にしようかと思っていると、ふいに玄関の戸を叩く音がした。遠慮がちだが、繰り返し叩いている。

開けてみると、瑠衣子だった。この寒さにショール一枚巻きつけただけで、髪に雪を積もらせている。

謙三の顔を見た途端、涙をあふれさせた。

「ごめんなさい。ご迷惑だとは思ったのですけれど……」

言ったきり、泣きつづける。

「とにかく、中へ！」

冷えた体を、急いで室内へ引き込こんだ。

手拭いで雪を払い、部屋に上げて火鉢の前へ座らせる。白い顔の鼻先と唇ばかりが赤い。

熱いほうじ茶を淹れてやって、「何があったんですか」と穏やかに訊いた。

「……夫に、本を全部燃やされてしまいました」

涙は乾いていたが、目には底知れない悲嘆の色が浮かんでいる。

彼女にとって、本はこの上もない慰めであり、自分を証明するもののひとつであろう。男のように目に見える仕事の成果があるわけではなく、読んだ本の量や育てた子の年齢が、そのまま生きた証《あかし》となるのである。

それを捨てられたということは、自分の人生を捨てられたに等しく、積み上げた自己を否定されたも同然だった。

「どうして、またそんなことを」

「……忙しくしているわたくしが気に入らなかったのでしょう」

ポツリポツリとではあったが、瑠衣子は前後の事情を語りはじめた。

それによると、泉堂秀隆伯爵は関係していた会社がうまくいかなくなり、先月から無職になったのだという。

蓄えもあるし、地代の上がりもあることから、すぐに生活に困るようなことにはならなかった。

だが、自尊心が傷ついているところへ、自分の母親から「おまえは会社をつぶした」と責められ、面白くない日々を送っていたらしい。

「共同経営でしたから、夫一人の責任ではありませんが、それでもお義母《かあ》様は容赦がなくて……」

顔を合わせるとなじられることから、毎晩遅くまで遊び歩いていたという。それがまた、先代伯爵夫人には気に入らなかった。

やれ、「みっともない」だの、「泉堂家の面汚し」だの、「外で恥をさらすな」などと非難され、最近は外出を控えるようになったが、そうなると苛つきの矛先は瑠衣子へ向かった。

妻が奉仕活動で忙しくしていることが目障りだったのだろう。今日、帰ってみたら、学生時代から愛読してきた本がすべて燃やされていたのだという。

「おまえは忙しいようだから、私が代わって大掃除をしてやったよ」

秀隆は、せせら笑いを浮かべながら、そう言った。

「亡くなった祖父や父の本もあったのです。わたくし、もう、今まで我慢してきたことの何もかもが嫌になってしまって……」

顔を両手でおおって、伯爵夫人はむせび泣いた。

気がついたら、ショールだけつかんで家を飛び出していたという。

寒いとか、雪が降っているとかは頭になかった。帯の間に挟んであった小銭入れのお金で電車に乗り、街をあてどなく彷徨《さまよ》っているうちに、ここまでたどり着いたのだった。

話してすこし落ち着いたのだろう。夫人は「ご迷惑をおかけしてすみません」と頭を下げた。

「いいえ、頼ってもらえてうれしいですよ」

謙三は、心からそう言った。

「晩飯、まだでしょう」と訊く。

「あ、ええ」

今思い出したとでもいうような返事だった。

「いっしょに食べましょう」

帰る途中で行きつけの店により、鳥の鍬焼《くわや》きを包んでもらってきた。つけダレの醤油とみりんを焦がさないよう、軽くあぶって温め直し、山椒をふりかける。朝炊いた冷や飯は、油揚げと冬菜をきざみ、生姜のすりおろしを入れて味噌おじやにした。

途中で「何かお手伝いしましょうか」と台所をのぞきにきた瑠衣子に、風呂の支度を頼む。

上流夫人にできるだろうかと心配したが、水溜めから焚きつけまで案外うまくやってのけた。

できあがった温かい料理に、ぬか漬けの大根と昆布の佃煮を添え、脚つき膳に乗せて出すと、ひどく驚かれた。

「まあ、美味しそう！　手早いし、お上手ですのね！」

「今日は忙しかったので、手抜きです」

鳥の鍬焼きは買ってきたものだと告げると、「いいえ」と首を振った。

「何をどう取り合わせるかも、お料理では大切です。いつもやりなれていらっしゃらないと、こんなふうに美味しそうなお膳にはなりませんわ」

褒められたのが照れ臭く、

「親父は県の役人で給料が安く、母は内職や家事で手一杯でした。三男だった僕はたいてい放っておかれて、自活する術《すべ》が身についたんです。それに、旨い酒を飲みたいと思えば、気の利いた肴《さかな》が欲しくなる」

そう説明すると、楽しそうな笑い声が返ってきた。

「それじゃあ、一本つけましょうか」

ここへ来たときの悲痛さは消え、伯爵夫人はすっかりくつろいでいた。

「いいですね。飲みましょう」

一合徳利を二本、小鍋に立ててまわりへ鉄瓶の湯を注ぐ。それを火鉢の五徳に乗せれば、すぐに人肌の燗がついた。

杯を差し出すと、彼女も飲んだ。

「ああ、美味しい！」

今まで見たこともないような、清々とした顔だ。

「強そうだな」とからかうと、「強いわよ」と平然と返す。

謙三は、思わず笑ってしまった。事情はどうあれ、瑠衣子と出会ってこれほど楽しかったことはない。

「女学校に入ったばかりのときに官僚だった父が亡くなると、母は心労から寝つくことも多くなりました。ですから、わたくしは家のことも勉強も両方しながら卒業しました。今は人にやってもらっていますけれど、本当は自分でなんでもできるんです。子供の頃からおてんばで、薙刀《なぎなた》は二段の腕前なんですのよ」

「薙刀二段ですか!」

意外な一面に、思わず大きな声が出る。

「泉堂に見そめられて結婚してからは、その腕前を披露することもなく来てしまいましたけれど」

杯はすぐ空になり、徳利へも酒を何度か継ぎ足した。

自分で「強い」と言ったとおり、瑠衣子は乱れなかった。しかし、伯爵夫人でいるときの堅苦しさは消え失せ、おてんばな娘時代に戻ったような気さくさがあった。

「私たちの関係って、不思議ですわね。ただの恋とも違う気がして……」

「お互い、大人だからでしょう。あなたには守るべきものがあるし」

「そうですわね……あなたはそこにつけこんで、ずいぶんと意地悪でしたわ」

「そのくらいのことをしないと、あなたという人は手に入らないからですよ」

「そう?」

「いつも清く、正しく、慈悲深く、けっしてまちがいを犯さない、泉堂伯爵夫人」

「まあ、そんな」と言って、夫人は笑い崩れた。

「必死に外面を保ってきただけです。結婚を受け入れたときから一生こうやって暮らしていくつもりでしたけれど、自分を偽ることにも限界ってあるんですわねぇ」

しみじみとした調子で言って、釉薬が厚くかかった白磁の杯を唇に運ぶ。二枚の蓮の花びらが澄んだ水を含むようで、なまめかしい。

「あなたが夫に話すと言ったときは、裏切られたと思いましたし、恐ろしくも思ったのですけれど、今はもうそれほどでもないんです」

「僕の恋心をようやくわかっていただけましたか」

すこしおどけてみせると、瑠衣子は微笑した。

「あなたは、私が本当に困るようなことはなさらないと、たかを括っているんです」

伏せがちだった顔をあげ、静かに視線を合わせてきた。

見つめ合う時間が過ぎる。

「それは買いかぶりかもしれません」

謙三はそう言って、ぬるくなった酒をグイと呑み、杯を置いた。

「僕と、上海へ行きませんか。あなたの娘さん二人も連れて」

それが、ただの旅行の誘いでないことは伝わったのだろう。

琥珀色の瞳が大きく見開かれ、次の瞬間、大粒の涙がこぼれ落ちた。

「そんなことができたら、どんなにいいかしら！」

涙はつぎからつぎへとこぼれ落ちる。

「でも、ダメ。行かない」

「どうして！」

強く言って膳を乱暴にどけ、細い手首をつかんだ。

瑠衣子は、その謙三の手に自分の手を優しく重ね、涙に濡れた頰を押し当てた。

「あなたが好き。初めて会ったときからずっと。脅されてここへきたときだって、変わらずに好きだった」

「だったら、なぜ！」

「私は母親なのよ。産んだからには子供たちへの責任がある」

「それも引き受けると言ってるじゃないか」

「華族の世界で、それは通用しないの！」

強い声で言って、真っ直ぐに男を見た。

「私があなたと生きるために泉堂の家を出たら、子供たちには一生その負担がついてまわる。特に娘は、嫁入り先に障《さわ》りが出る。上海へいっしょに連れていっても同じことよ。私が心のままに振る舞えば、娘たちが不自由を強いられる。だから何があっても、私はあの子たちの母として、あの家にいつづけなければいけないの」

瑠衣子の瞳は濡れていたが、口調は決然としていた。

謙三の目から、不覚にも涙がこぼれた。

「あなたは、それでいいのか！」

「……いいのよ」

そう言って、寂しくも透明な笑みを浮かべる。

「泉堂は、ひどい男に見えるでしょうけど、とても気の小さい人なの。気難しいお義母様に逆らわず、合わせているだけ。私の本を燃やしたのも、お義母様の機嫌を損ねたことに、自分一人で耐えきれなかったからよ。許せないけど、理解はできる。そういうふうに見られるようになったのも、あなたのおかげ」

そう言って、彼女は謙三の手に口づけた。

「大好きな手……忘れない」

もはや、何も言うことはできなかった。

子供は女のものだ。女だけが命を産むという経験ができる。生まれた子を、「これがおまえの子だ」と見せられるしかない男に、何が言えるだろう。

いくら婦人解放が叫ばれるご時世だといっても、結婚せず自由に生きていける女は多くはない。嫁して子を産むことこそが女の幸せだとされ、多くの者が、それこそ男も女もそれを信じている。そして、そのすべては夫の庇護の元にあった。

「それに……」

そう言って、伯爵夫人は言い淀み、続けた。

「あなたは、央子様のものでしょう？」

「えっ」

驚いて顔を見れば、さっぱりとした諦めが浮かんでいる。

「フフッ」と笑った夫人は、「うちの夜会へいらっしゃったときの仲の良さが、ちょっと普通じゃないと思ったの」と打ち明けた。

「東京駅へお見送りに行ったときは、これはもうそういう関係なのだとわかったわ。お土産をいただきに伺ったお茶会で、念押しされたようなものね」

「……」

あまりの勘の良さに、謙三は言葉が出なかった。

「央子様は、私の憧れよ。いくつになってもお美しいし、堂々としているし、まわりがなんと言おうと歯牙にも掛けず、ご自分を貫いていらっしゃる。あれこれ言う人たちのほうが、むしろ間抜けに見えるくらい」

だからね、と言って、瑠衣子は憂いを含んだ瞳で、うつむく謙三の顔をのぞきこんできた。

「あなたがお相手だと知って、うれしかった。さすがは央子様だと思ったの。本心よ」

「気がつかなかった」

やっと絞り出した言葉がこれだった。どんなに用心していても、頭のいい女性には隠しきれないということがよくわかった。

「私は、そうじゃないかと思いながらも、二人きりで会いたいというあなたの誘いがとてもうれしくて……ずいぶん迷ったけれど我慢できなかった。教会であなたを責めるようなことを言ってごめんなさい。裏切ったのは私も同じよ」

「そうじゃないんだ」

理解してもらえるかどうかわからなかったが、央子が謙三の女関係をどう思っているのかを説明した。

最初は「そうなの？」と驚いたが、すぐに納得したようだった。

「いえ、あの方ならありうるわ。普通の女ならとても考えられないけれど、あの方ならおかしくない」

称賛に目を輝かせ、しきりに感嘆する。

「僕も、あんな女性は初めてでした」

「じゃあ、私とのこともご存知なのね」

「詳細は知らせてありませんが、ただならぬ関係なのは知っています。あなたを困らせないようにとだけ言われました」

「まあ……」と言って、深いため息をつく。

「かなわないわ。なんて広い心をお持ちなのかしら」

恋敵をそんなふうに称賛できる瑠衣子も、央子に負けず劣らず素晴らしい女性だった。

直接語り合ったわけでもないのに、二人の女は時と場所を隔てて理解しあったのだ。

「それじゃあ申し訳ないけれど、甘えさせていただくわ」

彼女は改めて謙三に向き直ると、こう続けた。

「今夜は泊まらせて。ひと晩だけ、あなたと特別な夜を過ごしたい」

元より、そのつもりだった。

立ち上がって酒で温まった体を引き寄せ、深く接吻する。そのまま足をすくい上げて横抱きにし、風呂場まで連れていった。

互いに着ているものを脱がせあい、体を洗いあう。

「こんなこと初めて」と瑠衣子は恥ずかしがったが、うれしそうでもあった。

湯上りに浴衣を引っかけ、布団を敷くのももどかしく、もつれ合って倒れ込む。

まずは充分に唇を貪り合ったあと、あぐらの中に背中から裸体を抱き上げ、足を開かせた。すんなりとした白い太腿の下に膝を割りこませ、あぐらをまたいで足先を外へ投げ出させる。

「ねえ、恥ずかしいわ……こんな……」

誰も見ていないとわかっていても、陰部が丸見えになる格好はどんな女も恥ずかしがる。

指を入れてゆっくりとかき混ぜながら、顔を斜めに振り向かせ、舌を吸い合う。

空いたほうの手で片足を持ち上げ、開く角度を広げると、苦しくなった姿勢に悲鳴があがった。

そのまましばらく耐えさせ、指を三本に増やす。空気が入るのもかまわず、中で曲げて揺さぶると、切羽詰まった声が何度も放たれた。

「つらいか？」

男の問いに「つらい」と、か細い答えが返る。

だがすぐに、

「でも、やめないで。もっとつらくして！」

泣き声で異端の快楽を求めてきた。

持っていた片足を放し、あぐらの足を広げて、恥ずかしい股間をさらに開く。

女陰全体を手のひらで叩いたり、指を入れたり、陰核をつまむ一方、胸の先端もとらえて軽くつぶした。

「ああっ、あっ、あああー！」

淑女は大声をあげて、男の浴衣の腕に爪を立てた。

そして、目尻から歓喜の涙をこぼし、

「……いい……ああっ、いい！」

眉を寄せて、すすり泣いた。

男根はとうにいきり立ち、女の尻の下で脈打っている。先走りの粘液を中指で絡め取って口へ持っていくと、きれいな桃色の舌を出して丁寧に舐めとった。

謙三はその可愛い口に手拭いを詰め、絞りの帯揚げで口も目もおおってグルグルと巻いた。

薄絹のあいだから鼻の先だけ出した伯爵夫人は、もはや知性も品位も失われ、奇妙な性玩具のように見えた。

自分の感覚が次々に奪われていくと、多くの女は何も考えられなくなって、体の歓喜が深く大きくなる。彼女も例外ではなかった。

自分がもうしゃべれないことを確かめるように、「うう、うう」と手拭いの奥からうめく。手首も腰紐で縛ってやると、いっそう悦楽の蜜をしたたらせた。

仰向けに寝かせて両足を肩にかつぎ、花園へ硬い肉の楔《くさび》を打ち込む。

丸い乳房は衝撃のたびに揺れ、声がこぼれる。先端の花蕾は油を塗ったように艶めき、硬く立ち上がってふくらんでいた。

縛られた両手が枕の端をつかんでいるのを見た謙三は、それも封じたくなった。

貫いたまま手をたぐり寄せ、すっぽりと手拭いでおおって縛る。興奮からか、鼻腔からもれる息が小刻みになり、下半身がガクガクと震えた。

「うれしいか？」

訊くと、性玩具の頭部が何度もうなずいた。

血管が透ける白い肌は、美しく紅潮している。

いったん雄根を抜き取り、花口に両手指をかけて限界まで広げてみた。

中は悦蜜が白く泡立ち、柔肉が淫らにうごめいている。

広げてはゆるめ、また広げをくりかえすと、白濁が中からドロリと押し出されてきた。

指でさらに掻き出すと、手拭い越しの呻きは悲鳴に変わった。

右手の中指を根元まで挿し込み、丸くふくらんだ子宮口をさわる。左手の人差し指と中指で陰核の包皮を左右に開くと、性玩具の全身が熱くなり、汗が一度に吹き出した。

小さな肉芽は充血し、勃起していた。

舌先で触れ、軽く吸う。周囲を舐めまわし、膣内の指を前後させると、帯揚げで巻かれた頭や、手拭いで包まれた両手を激しく動かし、濁った悲鳴を繰り返した。

いいのかつらいのかは不明だったが、ひどく感じていることだけは確かだ。

陰核への舌戯はそのまま、挿入した指を三本に増やし、なおも淫らな肉洞を掘る。

泡立つ粘液は、手のひらどころか手首まで伝い、浴衣の袖を濡らしている。

やがて、玩具は伸び上がるように硬直し、絶頂を迎えた。

鼻から息を大きく吸い込み、悲鳴をあげて動きを止めた。

万力で締め上げられたかのような指を無理に動かし、頂点を長引かせる。

ゆるんだ帯揚げの隙間から、恍惚として閉じた、薄紅色のまぶたが見えた。

絶頂の強張りが解けても、謙三は休ませなかった。

帯揚げや紐をほどいて玩具を自由にすると、自分も浴衣を脱ぎ捨て、両腕でしっかりと抱いて己を埋め込んだのである。

夢とうつつのあわいに居た瑠衣子は、まだ力の戻らない腕と足を絡めてきた。

「幸せ」と、うわごとのように何度も男の耳にささやく。

「ああ……愛してる」

そうささやき返すと、絡んだ手足に力がこもった。

とりすました伯爵夫人の装いを捨てた体は、枕に広がる茶色がかった髪も、白磁のような肌も、長い手足も、どこもかしこも男の与える快楽にとろけ、ひたすら美しかった。

愛する女と深く結ばれる喜びは、この世の何ものにも代えがたい。

しかし、幸福に浸る謙三の耳に、そのとき信じられない言葉が入ってきた。

「あなたの子供を産みたい」

瑠衣子は熱をおびた瞳で、上になった男を見上げていた。

「えっ」

「一生のよすがにするから……お願い、中にして」

言い終わると、涙が目尻から伝い落ちた。

一回の交わりで妊娠するのは難しいし、これから先も枕を交わすことがあるかどうかわからない。おそらく、もうないだろうという予感がした。

「謙三の子を産む」とは夢のような話だ。いや、夢として語っているのかもしれない。仮に生まれたとしても、それは結局、泉堂秀隆の子として戸籍に記載される。それもわかってのことだと思うと、瑠衣子の覚悟が熱く胸に迫った。

これは、自分から望んで娶《めと》った妻だと言うのに、母親のご機嫌ばかり伺って護ってやろうとしなかった男への復讐なのだ。

そして、初めて愛した男との確かな証を手に入れ、これからの生きる支えにしようとしている。

謙三は腕の中の女体を抱き直すと、いっそう力強く打ち込んだ。

こらえてきた精は、量も勢いも充分だった。

茂みと茂みを密着させ、愛蜜のぬめりで痙攣の摩擦を削ぐ。

再び頂きに押し上げられた瑠衣子は、男の背中に指を食い込ませ、腰に足を絡ませて長いあいだ息を止めていた。

わずかな休息を挟んで、また体位を変え、きりがない愛戯を尽くす。

結局、三回射精して、明け方二人で眠りについた。


雪が積もった日曜の朝。先に目を覚ましたのは瑠衣子だった。謙三の胸につけていた額をそっと離し、角ばった顎を見上げる。

彼は胸元へ吹き込んだ冷気で気がついた。だが、まぶたが上がらない。まだ半分眠りの中だ。

寝ぼけた声で「起きた？」と訊いた。「ええ」と返った声もかすれている。

夜の記憶は気怠さとなって、互いの体に残っていた。

瑠衣子が、左手で謙三の顔に触れた。

細い指先が、額を横切って鼻梁を降りる。唇を丁寧になぞって、手のひらで頬を包んだ。

愛しい手のぬくもりで、次第に意識が浮上してきた。

「何を……しているの？」

まだ目を開けずに訊くと、「あなたをよく覚えておこうと思って」と返事が返った。

言葉が含む意味を悟り、はっきりと目が覚める。

頬を包む指をまとめてにぎって、瑠衣子の顔を見た。それは静かに凪《な》いで、澄んだ微笑を浮かべていた。

「ありがとう。一生忘れないわ」

別れが確かな形をとって、謙三の胸をふさいだ。

それでも訊いてみた。

「もう、終わり？」

腕の中の女は、微笑みを深くしてうなずいた。

「ここまでにする」

そう言うと、男の胸に再び顔を寄せた。

「ああ、幸せ……」

自分で言った言葉の余韻に浸るように、目を閉じてじっとしている。今、この瞬間の幸福を、体中へ沁み込ませようとするかのように。

謙三は、枕の下にあった腕を温かな体にまわすと、強く抱きしめた。

簡単な朝食をとり、瑠衣子が帰っていったのは、もう昼近かった。

夫・秀隆の仕打ちを心配すると、「雪で帰れなくなって、教会に泊めてもらったと言うから大丈夫」と笑った。

「あの人も、今頃はやりすぎたと思っているはずよ。もう、何を言われようと傷つかない。何があっても大丈夫」

そう言う顔は、晴々としていた。狭い世界で息を潜めて生きてきた伯爵夫人は、大きな一歩を踏み出したのだ。

彼女を救えたのかと、謙三は自問してみる。

先輩・仁田内の言うように、瑠衣子が自分で決心し、踏み出したということであって、男の力などたかが知れているのかもしれない。

いずれにせよ、彼の望んだ結果ではなく、胸にはほろ苦さが残った。

次の週末は、年内最後の央子との逢瀬だった。

すっかり定番となった後花での交歓で、豊満な熟女を責めた。人犬の尻尾で菊門の快感を知って以来、そこで絶頂し、精をたっぷり受けることが最大の楽しみになったようだ。

四十代半ばを過ぎても肉体はみずみずしく、美しさは衰えるどころかますます増してきている。

聡明さと寛大さは言わずもがなだったが、生きいきとした好奇心が彼女を老けさせず、魅力的に見せていた。

極太の硬い肉鉾を呑み込んだ肛花は、すっかり伸びて血管の色を透けさせている。重量のある臀部の先には、驚くほど細いくびれがあり、そのまた先では手でつかみきれないほど大きな乳房が揺れていた。

謙三は、自身に指二本を添えて挿しこんだ。

「ああ！」

甲高い声があがって首がそる。いっそう増した拡張感に、粘膜が裂けそうな恐怖があるのだろう。だが、よく馴らされた排泄口は柔らかい餅のようで、たいていの責めによく耐えた。

腸壁越しに指で膣を刺激してやると、

「ああっ、ダメ！　イクっ、イクー！」

瀬戸際の嬌声がほとばしった。

抽送の速度を上げて、肉のぶつかる音がするほど打ち込む。

四つん這いで踏ん張った膝がかたまり、足指がそったかと思うと、背中が大きくうねった。

「ああ！　あっ……ああ！」

抜群の経営手腕を持ち、大企業の社長として君臨する麗婦人は、あられもない声をあげて肛門でイッてしまった。

謙三も間をおかずに逐精する。膣とはまた違った締まりがなんとも心地よかった。

体を離し、スチームの効いた暖かいアングル・ハウスのベッドへ二人して横たわる。

腕の中にいるのは央子だというのに、つい瑠衣子のことを考えてしまった。

「ちがうこと考えてるでしょう」

勘のいい年上の情人に見透かされた。

「よくわかりますね」と苦笑し、「すみません」と謝った。

「彼女とは、もう終わったのね」

「……そうみたいです」

歯切れの悪い言い方になったのは、未練があるからなのか。あれで終わりというのが、まだ信じられなかった。

「喜んでいたでしょ？」

「ええ……たぶん」

央子には知っておいてもらいたくて、瑠衣子が妊娠を望んだことを話した。

「そう……それもいいかも」

思いきった選択を後押しするような、サバサバとした言い方だった。この女社長は、いい意味で常識外れなのだ。

「本当はね、あなたが彼女を連れて逃げるんじゃないかと思っていたの。どこか遠く、上海あたり」

そこまでお見通しだったとは。謙三はベッドの中で天を仰いだ。

「もし、そうなっていたらどうしましたか」

「う〜ん、そうねぇ」と、もったいをつけ、笑いながら続けた。

「あなたの代わりを、どうやって見つけようか悩んだと思うわ」

「それだけですか」

「それから、二人を応援したと思う。なにか困ったことがあったら言って、って。二人とも大好きだから」

なにもつくろうことなく、央子は本心からそう言っていた。

謙三は、なじんだ愛人の体を抱きしめた。

この人にはかなわない、なにがあっても嫌いになることはないだろうと、心の底から思う。

「感謝した？」

わざと偉そうに言ってくるのへ、「はい」と素直に返す。

「じゃあ、もう一回して」

謙三が、断るわけがなかった。


上海土産の、輸出用春画と『点石斎画報』が、緊縛会員たちの回覧から返ってきた。いく人かの感想文も挟まっていて、みな相変わらず研究熱心だ。

央子にも見せたが、やはり日本とは感覚が違うと思ったらしい。

「色街はどうかわからないけれど、普通は使用人に対してここまでひどい仕打ちはしないわ。行儀見習いの女中さんもいるし、みんなほとんど親御さんからの大切な預かり物だもの。お妾さんなら、なおのこと大切にするでしょうし」

『点石斎画報』の中には、手を後ろ向きに縛られた状態の妾が二人、梁から吊るされている絵があった。下手をすれば肩がはずれるだろうし、苦痛は手首を頭上に伸ばした普通の吊りの比ではない。

しかも、彼女たちはその状態で笞打たれるのだ。打つのは、老齢の主人である。若い愛人たちの、何が気に入らなかったのだろう。

また、別の私刑図では、寝台に縛りつけられた男が、伸ばした手と足の先に、それぞれひと抱えほどもある大石をくくりつけられて苦しんでいた。

金持ちの家では、粗相をした使用人への仕置きとして、火のついた煙管《きせる》や焼け火箸による灸《きゆうしやく》灼なども頻繁に行われている。

「こういう虐待と性的な愛戯としての責めは、やっぱり別物ね。見ればドキドキするけど、うらやましいとは思わないもの」

「そうですね」と賛同しておいた。

この拷問画で何度も自慰をした男性会員がいたことは内緒である。浅草で出し物をやっている矢川留吉・千代夫妻なども、大いに興奮したことだろう。

人にはそれぞれ、心地よいと感じる範囲がある。女性を責めるときに見極めが必要なのは、まさにそこだ。

針で刺されるくらいでないと満足できない千代のような女もいれば、痛みはいっさい受けつけず、ただ犬のように扱われることだけを望む者もいる。

また、最初は手首の拘束程度しか楽しめなかったのに、そのうち厳しい吊りを好むようになる場合もあるのだ。

すべてが円く整っている人間などいない。皆どこかが歪み、それを補うものを求めている。

仕事も含め、さまざまな出来事のあった大正九年が終わると、年明け一月、泉堂伯爵の母の死が、央子から知らされた。

「松の内が済んで、具合が悪くなったんですって。風邪だと思っていたら、どんどん熱が上がり、気づいたときにはもう肺炎で手遅れだったんですって。床についてから一週間で亡くなったそうよ。遅れてきたスペイン風邪だったみたいね」

世界大戦の戦場から始まったスペイン風邪は、日本でも大正七年の十一月に最大の死者を出した。夏場は一時収まったものの、翌々年の九年一月にも同程度の大流行を見せ、季節の移り変わりとともに、ようやく終息したかと思われた。

が、しかし、また今年一月に、流行の規模はかなり小さいものの、死者が出はじめたのである。

「亡くなった方には申し訳ないけれど、これで瑠衣子様を悩ませるものが半分になったわけね」

夫の秀隆が、母の機嫌を取るために妻につらくあたっていたのなら、半分どころかほとんどなくなったのではないだろうか。

暮れに別れてから連絡はなかったが、忘れたことはなかった。しばらくは弔問客などで忙しいだろう。

「それとね、まだ正式な決定じゃないけど、伯爵は朝鮮総督府の要請で京城《けいじょう》へ行くらしいわ。農地経営の専門家としてね」

十年ほど前に併合された朝鮮半島では、司法・教育・経済などあらゆる分野において、さまざまな改革が行われていた。

「これまでも打診があったようなんだけど、お母様が反対していたようね。今さら外地へなど行きたくなかったでしょうし、かといって息子夫婦だけ向こうへ行ってしまって一人で残るのも心細かったんでしょう」

「そうですか……」

瑠衣子はもちろん夫についていくだろう。これでもう、別れは決定的なものになってしまった。

想いはあっても、距離はいかんともしがたい。最後に抱いた雪の晩の予感が、現実のものとなった。

先代伯爵夫人の四十九日が過ぎた三月半ば、彼女から手紙が来た。

聞き及んでいると思うが、姑が亡くなったということ。そして、来月、夫の赴任先である京城へ行くということ。最後に、「三人目の子を身ごもりました」とあった。誰に読まれても怪しまれない、そっけない連絡事項ばかりの文面だ。しかし、最後の一文は、謙三にとって事実以上の意味を持つものだった。

身ごもったからといって、彼の子であるとは限らない。正しく夫の子かもしれないのだ。

だが、瑠衣子はそれを謙三の子だと思って育てることだろう。生まれて初めての恋の形見として。

読んだとたん、会いたい気持ちを抑えられなくなった。

散りぎわの梅の香が漂う、柔らかな宵闇の街へ飛び出して市電に乗る。

二十分ほどで伯爵邸にたどり着いたものの、夫がいるかもしれないことを考え、向かい側の路地の角で徒《いたず》らにたたずんだ。

今となっては、ほんのすこしでも、二人の関係を疑われるようなことをしてはならない。

先代が建てたという洋風の屋敷の塀は鉄柵で、前庭の樹木が見えている。門扉の脇の蔓薔薇《つるばら》は萌黄色に芽吹きはじめていた。

会ってどうしようというあてはなかった。何か話したいわけでも、触れたいわけでもない。

いや、本当はそうしたかったが、彼女が望まないことはわかっていた。それに、いちど触れたら、もう離したくなくなるだろう。

思いあぐねていると、玄関前に自動車が横づけされた。来ていた客が帰るのか、それとも伯爵家の誰かが外出するのか。

覗っていると、扉が開いて三人の男女が出てきた。やはり客だったようだ。

そして、いちばん最後に瑠衣子が姿を現した。

玄関灯の下で穏やかに挨拶を交わす姿は、貞淑で謙虚な人柄を称賛される、あの典雅な伯爵夫人そのものだ。

自動車の扉が閉まり、動き出すと、彼女も門の外側まで出てきた。かなり親しい間柄の客らしい。

しばらく手を振って見送っていたが、やがて軽く会釈すると中へ戻りかけた。

と、そのとき。めぐらせた視線の先で、道の反対側に立つ謙三をとらえた。

灯りはじめた街路灯の下で、まなざしが交錯する。

手紙を出したときから会いに来るかもしれないと予想していたのか、それほど驚いた様子はない。

見つめ合ううち、優しい唇の端がゆっくりと持ち上がり、笑みを浮かべた。己の欲を「母」という名の扉で封じた、切ないほどに清らかな微笑みだった。

瑠衣子は声を出さず、唇だけで「あ・り・が・と・う」と形作ると、体の前で両手を重ねて一礼し、家の中へ戻っていった。

謙三は、なかなか立ち去ることができなかった。しかし、いつまでもここにいては迷惑をかける。ただその一念で無理に体を引き剝がし、泉堂邸の前から離れた。

酒は強いほうだったが、その夜は酔いつぶれて正体をなくすまで呑んだ。

その年の十一月、「男の子が生まれました」と、京城から葉書が届いた。

時候の挨拶と健勝を祈る流麗な青インクの文字からは、それ以上なんの情報も伝わってこない。

しかし、こうして便りをくれたこと自体が、瑠衣子の心の現れだった。

「今も変わらずあなたを愛しています」

そういう意味だと受け取り、謙三は北西の空を見やった。

第八章　最後の女

戦後不況はなかなか回復せず、生活苦からの自殺者が激増していた。農業に従事するより工場で働く労働者が増え、彼らは低賃金での十二時間労働を強いられていたのだ。

翌大正十一年には、そうした労働者の権利と待遇改善を訴える思想団体が集まって、日本共産党が結成される。しかし、治安警察法に反する非合法組織だったため、次の年の六月には一斉検挙されることになった。

それから二カ月後の八月。久しぶりに中山志雲に会うと、妹の安喜はかえって闘志を燃やして社会主義にのめり込み、忙しく活動しているという。

「下っ端の雑用係さ。主義者も女たちの参加を喜んではいるが、しょせんはお飾りなんだよ。誰も本気で女に革命が起こせるとは思っちゃいない。実際、嫁にいってしまえばそこの慣習にどっぷり染まって、封建的な奥様におさまりかえってしまうしな。活動もそれまでのことさ」

婦人解放運動のほうは、平塚らいてう、奥《おく》むめお、市川房枝《いちかわふさえ》らが創設した「新婦人協会」の活動が実って、昨年、女性の集会の自由が認められた。初の婦人政談演説会が開かれたり、女も弁護士になることが許可されるなど、いくつかの重要な変革があった。

それでも、男から見ればたいしたことではなく、「ああ、よかったね」で済んでしまうようなことなのかもしれないと、謙三は思った。男の優位は変わらないし、女をあてにするつもりもないのだろう。

安喜はいまだに独身である。彼より四つ下であるから、

「もう、二十九か」

「そうさ、もう、二十九歳なんだ！　ったくあいつときたら、一人で生きていくから自分の身は自分で守るとか言って、護身術なんか習ってるときた」

そういう志雲は昨年身を固めた。病院長の娘だから良縁だが、政治への野心を持っていた男としては無難すぎる選択だ。

官僚としてさまざまな政治家たちを見てきて、「命が惜しくなった」と言っていた。

十年十一月には原敬《はらたかし》首相が東京駅で刺殺され、そのあとを受けた高橋是清《たかはしこれきよ》内閣も翌年の六月に総辞職。後を継いだ加藤友三郎《かとうともさぶろう》首相は、一年余りで病死した。

「政治家は浮沈がある。俺はもう少し穏やかに暮らしたい」

そう言っていたが、もしかすると社会主義者とつながっている妹の存在を慮《おもんぱか》ったのかもしれない。

いくら「女はお飾りだ」とはいえ、政治家の家族となれば話は別だ。どこで足を引っ張られるかわからない世界なのだ。

だとすれば、志雲は自分の野心より妹の自由を優先したことになる。

あるいは、大蔵官僚という立場上、表立って言うことはできないが、本心では労働者や婦人の境遇に同情し、活動家たちに共感を覚えているのか。

「最近、あいつに会ったか?」

「いや。五月にメーデーの帰りだといって寄ってくれて以来、会ってないなあ」

「安喜のこと、どう思ってる。正直なところを教えてくれ」

「どう思う」とは、女としてという意味だ。志雲はずっと謙三と妹がいっしょになることを望んでいた。

そんな兄に妹は、「私は、兄さんがお嫁さんをもらったあとにする。年の順よ」と言っていたのだ。

「綺麗だと思うよ。気の強そうな感じはあるが」

学生時代の青臭い感じがとれ、細面の美人に成長していた。

二年以上前の瑠衣子との別れをまだ引きずっていて、新たな恋をしようという気になれなかっただけで、安喜は充分に魅力的な女だった。

「これはもう、兄として最後の願いだと思って聞いてくれ謙三。あいつを嫁にもらってくれないか。頼む！　強引にでもいいから、なんとか口説いてくれ」

「あいつの気持ち次第だろう。いくら兄貴でも無理強いはできんぞ」

「いや、おまえを好きなことははっきりしている。これは兄として断言できる」

好きなことは確かだろうが、それが志雲の思うような「好き」なのかどうかまではわからない。ともあれ「考えておく」と返事をした。

しかし、その答えを出す日は、思った以上に早くやってきた。

大正十二年九月一日土曜日。深夜激しかった風雨は未明にやみ、初秋のよく晴れた空のもと、謙三はいつものように四谷から電車に乗って出社した。

午前中の仕事に励み、さてそろそろ帰り支度をしようかというときだった。

下から大きく突き上げるような揺れがきたかと思うと、机の上のものが滑り落ち、棚が倒れ、ひどい有様になった。

大波にもまれる船のような揺れはしばらく続き、天井の一部が崩れ落ちて壁にヒビが入る。

最新の五階建てのビルはつぶれずになんとかもったが、見えないところにもっと被害が出ているかもしれない。それほど激しい揺れだった。

三階の窓から外を見ると、土煙の中に倒れた電柱やつぶれた家々が見え、そのあいだを大勢の人が逃げていく。

部下ともども急いで外へ出てすぐに、二度目の揺れがきた。

線路は曲がり、倒れた電車は半分つぶれている。まずいのは、あちこちで火の手があがりはじめたことだった。

とにかく広い場所へ逃げなければならない。外回りへ出ていた者をのぞき、全員揃っているのを確認し、宮城前広場（皇居前広場）へ行くよう指示する。

そうするうちに三回目の大きな揺れがきて、家族持ちの社員は急いで帰っていった。戻ってくる者のために、宮城へ行くことを書き残してビルの入り口に貼ると、彼自身は駅に近い本社へ向かった。

北の方の被害が大きいらしく、南へ逃げる人波に逆らって必死に歩く。やがて見えてきた六階建ての大きな本社ビルは、ほぼ無事だった。しかし、それは外見だけのことで、中身はひどいことになっているだろう。

新橋駅の天井はすっかり落ちて、骨組みが見えていた。

まだ残っていた顔見知りの社員に訊くと、社長は無事だという。

全員の避難を確認するまで残ると言い張ったのを、水川が無理に連れ出し、自動車で青山の自宅へ向かったと聞いて、いくらか安心した。あそこなら敷地も広いし、建物も頑丈だ。

だが、この人波の中を自動車は進めるだろうか。水川がついているからなんとかするだろう。社長自身も判断力に優れた人だ。

謙三はひとまず本社を離れ、宮城前広場へ向かった。

木造の建物はたいていつぶれ、損壊したビルの破片が道を狭くしている。怪我をした人や大八車を引いた人々が次々と宮城を目指すのを見ると、すでに広場は人でごった返しているようだ。

苦労してたどり着き、なんとか部下たちに再会すると、被害の状況がすこしはわかってきた。

神田から逃げてきた人の話では、東側のいわゆる下町が全滅だという。だが、皇居より西側の山手は、比較的被害が少ないらしい。

また、電車は使えないが、バスはなんとか運行していると聞いて、全員いったん帰宅することにした。

四谷に向かう途中、血だらけで倒れている人や、泣きながら歩く人々とすれ違った。今まで見ていた風景は一瞬にして失われ、別世界へ来たようだ。

ふと、安喜の安否が気づかわれた。住んでいるのは代々木だが、揺れたとき、どこにいたのかはわからない。志雲の話からして、一人ではなかった可能性は高いが、今は確かめようもない。

志雲は霞ヶ関の庁舎にいたはずだ。家は新宿の外れだし、本震のあとすぐ逃げていれば、まず大丈夫だろう。

満員のバスを途中で降り、歩いてたどり着いた借家はほとんど無傷だった。別の町内では被害の出た家々もあったが、新橋の様相にくらべれば何事もなかったかのようだ。やはり、目白台・本郷・四谷あたりの高台にある地域は、それほど揺れが激しくなかったらしい。

しかし、水道などは止まっていたため、隣家へ井戸水をもらいに行こうかと出たところで、当の家の奥方から声をかけられた。

「まあ、両角さん、ご無事で！」

日頃から町内のドブさらいだの祭りの手伝いだの、寄り合いにはできるかぎり顔を出し、近所付き合いは欠かしていなかった。

井戸はいつでも使ってくれとのことで、厚揚げとこんにゃくの甘辛い煮しめと握り飯をもらった。

「さっき、お稲荷さんの横で間に合わせのカマドをこしらえたのよ。下町から逃げてきている人もいるし、夜から炊き出しをしますからね。あなたもいらっしゃいな」

町内の八百屋や豆腐屋、魚屋などが使える材料を持ち寄り、各家々も米などを出して炊き出しをすることになったらしい。

謙三は礼を言って、家の中へ戻った。

まずは台所で転がった鍋などを片づけ、書斎の倒れた書棚を起こして、床一面に散らばった本を戻す。なんとなく埃っぽい畳や廊下を雑巾で拭けば、それで終わりだった。

すでに暗くなった戸外へ出ると、東の空が煙と火で燻《いぶ》されていた。街路灯がなくても、火災の炎で明るい。

稲荷横へ行くと、四、五十人が集まり、しゃべりながら飯と汁物で腹ごしらえをしていた。東京湾で起きた地震らしく、横浜あたりも相当やられたことや、揺れよりも火事のほうが恐ろしいという話を聞かされた。

炊き出しは晩に一回だけと決まり、残り物を持ち帰って朝食に当てる。昼はめいめいがなんとかすることになった。

電気もこないことから提灯とろうそくを分けてもらい、片づけを手伝って引き上げた。

二年前にも、壁にヒビが入るような相当大きな地震があったため、用心のいい家ではいろいろ余分に買いためてあった。謙三はそこまで備えていなかったのだが、考えてみれば、あれが今回の予告だったのかもしれない。

風呂は残り湯を沸かし、完全に火を消してからサッと入る。一人暮らしだから、そのくらい念を入れたほうがいい。

いつも寝る時間より早かったが、ろうそくがもったいないし、汗が引くのを待って寝床へもぐりこんだ。

だが、すっかり変わってしまった世界を目の当たりにした興奮でなかなか寝つかれない。当たり前のことが当たり前でなくなる心細さと、乗り切らねばならないという闘志が半々にある。

怪我をした人、亡くなった人の数は見当もつかない。国や市の支援はいつ来るのか、あるいは来ないのか。

部下たちは大丈夫だろうか。明日、もう一度行ってみなければ、などと考えているうちに眠ったらしい。目が覚めると、すっかり明るくなっていた。

冷飯と佃煮で朝食をすませ、東を臨む。まだ黒煙はおさまらず、新橋もどうなったかわからない。

お堀端へ出てみると、昨日は無事だった飯田橋のあたりまで燃えているのが遠くからも見えた。

夜に風向きが変わったのだ。皇居の東南はもうダメだろうと思われた。当然、本社ビルも永商が入ったビルも火の中だろう。

大規模火災は、三日に降った雨で、朝十時ごろにようやく鎮火した。

日本橋の三越や白木屋が焼け、神田、京橋、汐留から秋葉原までもが焼け野原だという。下谷、浅草、本所、深川も軒並み焼けた。

浅草の名物だった「凌雲閣」、通称「浅草十二階」も地震で半分に折れ、中で公演していた劇団員が全員死亡したと聞いて、緊縛会の面々はどうなったかと心配になった。

三日の夕方、水戸から長兄の壮一《そういち》が来た。大きな背嚢を背負い、汗じみた顔はすすけ、まるで被災者のようだ。

謙三を見て「無事だったか！」と、大きな声をあげて喜んだ。

背嚢には、義姉が用意してくれた食べ物やろうそくなど、すぐに使える物がたくさん詰まっている。大地震の一報を聞いて、とにかく行けるところまで行ってみようと、今朝早く向こうを発ってきてくれたらしい。

「松戸まではどうやら汽車が動いていたが、そこから先はひどい有様だ。北へ迂回して、人の車に乗せてもらったり、途中で自転車を借りたりして、やっとここまでこられた」

そうまでしてきてくれたのかと、胸にこみ上げるものがあった。

炊き出し場へ案内し、持ってきてくれた野菜などを提供する。都会は都会のやり方で助け合っていると知って、兄は安心してくれた。次兄の亮二《りょうじ》にも連絡しておいてくれるという。

その晩は謙三の家に泊まり、翌朝、また水戸へ帰っていった。

家を失った人たちが田舎の親戚などを頼っていくため、松戸からの鉄道は混んでいるだろう。気をつけろと言ったのだが、「なんとかなるさ」と気楽なものだった。

「おまえが無事だったんだから、あとはのんびり帰ればいい」

楽観的な性格は、兄弟共通かもしれなかった。

兄を送り出したあと、被災の状況を見るために四十分ほど歩いて青山の永峰邸へ行った。このあたりも被害が少ない。

当面の仕事は屋敷でするものの、火が収まったので、明日、会社の跡地へ行って片づけをするとのことだった。警察や軍が出て、大きな瓦礫の撤去はしてくれるが、残ったものがあるかもしれないのだ。

それと並行して、新しい社屋をどうするかも話し合われた。同じ場所に再建するか、無事だった山手で探すかで、上層部の意見は分かれている。央子も熟考しているようだった。

永峰邸の広大な敷地には仮の小屋が建てられ、社員ばかりでなく一般の人々も受け入れていた。あのアングル・ハウスももちろん、何世帯かの家族に提供されている。

省庁のある一帯が壊滅状態なため、被災者の救済はもっぱら自助共助だ。華族の広い屋敷や公園なども開放され、避難所となっていた。

被害が次第にはっきりしてくる一方、市中ではとんでもない流言が飛び交っていた。朝鮮人が大挙して日本人を襲い、井戸に毒を入れてまわっているのだという。

普通ではない状況の中で、尋常ではない話が信じられ、挙げ句の果ては社会主義者まで危険分子だから殺せとなったらしい。

こうして「朝鮮人狩り」と「社会主義者狩り」が市民のあいだに広まり、街は殺気立った。

謙三にとっては、火事よりもゾッとする光景だった。そして、安喜のことがいよいよ気にかかりはじめた。

明日は志雲と安喜の家に行ってみよう思った四日の夜、玄関を出て木戸門の戸締りを確かめに行くと、物陰から出てくる者がいる。

「謙兄さん！」と叫んで、提灯の灯りの中へ入ってきたのは、心配していたその安喜だった。

「おまえ、どうしてたんだ」

言いながら、ともかく門内へ引き入れた。

「泊めて！」と言う顔は埃で汚れている。

「いいから、中へ入れ」

玄関を開けて部屋へ上げ、子細に眺めまわしながら「大丈夫だったか」と訊いた。

「うん、なんとか」

揺れがきた当時は、川本平《かわもとたいら》の家へ行く途中だったのだという。川本は二年前の共産党結党にも参加していた社会主義の大物で、妻の芳枝《よしえ》も活動をともにしていた。

とくに芳枝は、女子英語塾を出た婦人運動界きっての理論家であり、洋書の翻訳なども多数手掛けている。夫妻の家にはよく同志が集まっていた。品川の川本先生のところはペシャンコだった。

「道を歩いていたから助かったのかもしれない」

それでもみんな助かったそうで、その夜は全員庭で雑魚寝をしたという。この季節だったからできたことで、もし真冬だったら別の理由で死人が出たかもしれない。

片づけや引っ越しを手伝い、さて代々木へ帰ろうとしたところ、朝鮮人についてのデマが流れ出した。

そして、川本平を見張っていた刑事が、「人が押し掛けて、川本を出せ、引っ越し先を教えろとうるさい。危ないから逃げろ」と教えてくれたのだという。

長いあいだ見張っていることで情が生まれたのか、もともと上の命令に従っていただけだったのか、その刑事は社会主義者たちに好意的だったようだ。

安喜も急いで川本家を離れたものの、行く当てがない。官僚である兄・志雲に迷惑はかけられないし、自分の家に帰るのもためらわれる。

思いついたのが、謙三だったというわけだ。

「志雲は無事なんだな？」

「ええ、大丈夫よ。身重の奥さんも無事ですって」

すこし痩せたようにも見える面に、それでも安堵の色が広がっている。

「うちはかまわないから、好きなだけいろ」

つい兄貴気分で言ってはみたが、隣の部屋で安喜が寝るのかと思うと、いくらか具合の悪い気もする。志雲に「あいつは今でもおまえのことが好きだ」と聞いていたから、いっそうそんな気がした。

だが、「ありがとう」と言ってうつむく姿には、疲労がにじんでいた。

「とりあえず何か喰って、風呂に入れ」

だったら風呂を先にしたいと言うので、新しく薪をくべて少し冷めた湯を温め直す。入っている間に、七輪で沸かした湯で茶を淹れ、朝食用の飯に、葉もいっしょに漬けた大根の味噌漬けと、あさりの佃煮を添えた。

洗い髪を拭きながら出てきた安喜は、ずいぶんと艶っぽかった。貸してやった男物の浴衣を、紐で端折って着つけた様子が、かえって華奢な体を強調している。

ホッとしたのか、理知的な一重の目がほどよくなごんで、静かに茶漬けを食べるところなどは淑女の風情だ。

提灯の陰影のせいかもしれないが、改めて見ると本当に大人になったものだと思う。小さい頃からいっしょに遊んでいたから、「女」として見るのが遅れた。

食べ終わって片づけようとするので、「いいよ」と止めた。

「今、布団を出してやるから、早く寝ろ。疲れただろう」

脚つきの膳をいったん廊下へ出し、押入れから布団と新しい敷布を出す。

敷布団は一枚しかないため、いつも謙三が使っているものだ。彼自身は、座布団を並べて寝るつもりだった。

「あとは自分で敷け」と言い置いて、膳を台所へ運ぶ。

溜めた水で食器を洗い終わり、部屋へ戻ってみると、安喜は廊下の窓を開けて縁に腰掛け、暗い庭を見ていた。

気配に気づいてふりかえり、「髪を夜風で乾かそうと思って」と、白い顔にぎこちない笑みを浮かべる。

「そうか」

それ以上はなんと返していいのかわからず、妙な緊張感が漂う。

「俺は書斎で寝るから」と言ってごまかし、座布団を書斎へ運んだ。

ふすま一枚へだてて寝るより、六畳と廊下が間に入る書斎のほうがマシだと思ったのだ。大きな揺れがきて本の下敷きになるかもしれないが、ひと晩中眠れないよりはずっといい。

提灯ひとつの暗い廊下を行き来する謙三を、安喜は黙って見ていた。

そして、「じゃあ、おやすみ」と言って行こうとすると、「謙兄さん」と呼び止めた。

ほのかな灯りの中に、裄の余った浴衣を着て、洗い髪を長くおろした立ち姿がぼんやり浮かんでいる。

窓は、もう閉められていた。

「ここに来るまで、亡くなった人をたくさん見たわ。地震で助かっても、誰かに殺されたらいっしょにあそこへ転がるんだなと思ったら、急に怖くなった」

何を言おうとしているのかはわからなかったが、衝撃を受けているのは確かだった。たくさんの死体と焦げ臭い焼け野原は、謙三の目にも焼きついている。

行きかけていた足の向きを戻し、安喜に近づくと、「大変だったな」と声をかけた。

「どうして怖くなったかっていうとね、謙兄さんにまだ何も言っていないから」

見上げてくる美しい切れ長な目が潤んでいる。

「なんだよ。言ってみろ」

「もう……知ってると思うけど」と言ってうつむき、幼なじみは続けた。

「子供の頃から、ずっと好きだった」

「ああ、知ってる」

「でも、これは知らないでしょ」

「なんだ」と目顔で訊くと、寂しげに微笑んだ。

「女高師を卒業して働き出したころ、謙兄さんに会いたくなって会社の前まで行ったことがあるの。でも中には入れなくて、外で一時間くらい待ってた」

「バカだなあ。受付に言ってくれれば降りていったのに」

「うん、バカだと思った」

ちょっと口をへの字に曲げて自嘲した。

「でも、もっとバカだったのはそのあと。会社から出てきた兄さんのあとをつけたの。私の知らないところで、どんなことをしているのか知りたかったから」

その先の話がだんだん見えてきて、謙三は居心地が悪くなった。

「兄さんは、永徳の社長さんのツバメなのね。お屋敷の裏口からこっそり忍んで行って、きれいな離れ家で抱き合う仲なのね」

「そこまで見たのか」

大きなため息がでた。

「黙って忍び込んでごめんなさい。それは謝る」

殊勝に反省している様子を見せ、安喜は頭を下げた。

「それを知ったから、もうあきらめようと思った。初恋は実らないってよく言うし、まだまだ人生は長いんだから、ほかに好きな人ができるかもしれないし」

二十代の娘にしては、なかなか達観した態度だ。

「でもね、あきらめきれなかったの。婦人解放運動の端っこに加わって、女がいかに男に都合よく使われているか知った。男なんかみんな嫌いって思ったけど、謙兄さんだけは別だった。会うたび、見るたび、素敵になっていって、ますます好きになった」

そんな自分を持て余しているのだろう。横を向いて、小さく息を吐き出す。

「講演会とかで声をかけられて、初めて会った男の人とお茶を飲みに行ったり、いっしょに活動している人にいきなり結婚を申し込まれたりしたけど、誰も兄さんにはかなわない。謙兄さんがいちばん好き」

だからね、と、安喜は苦しげに言った。

「一生好きでいようって思ったの。ほかの誰も好きになれないなら、そうするしかない。兄さんが私を好きじゃなくても、それはしょうがない、って」

白い頬に涙が伝う。

「こんなこと、打ち明けないつもりだった。兄さんを困らせたくないし、おまえのことをそういうふうには見られないって言われるのも悲しいし」

臆病な痛みがよくわかり、慰める言葉に迷う。

そんな心配はしなくていいと言ってやりたかったが、安喜のほうが先に口を開いた。

「でも、地震でたくさん人が死んだ。私だって、いつ死ぬかわからない。後悔が残るような生き方をしちゃダメだと、強く思った」

澄んだ瞳が、まっすぐに謙三を見つめてくる。

「抱いて！」

そう言ったとたん、目の前の体が胸に飛び込んできた。

まだ湿り気のある髪が、顎のあたりにある。しがみついた手は、浴衣の背中をつかんでいた。

謙三は半歩下がっただけで、しっかりと抱き止めた。

「困らないよ。安喜にそれだけ好かれてうれしいよ」

「本当!?」

パッと上がった顔には、喜び以上に不安と驚きが浮かんでいる。

「ああ」

そう受けあって、涙を親指で拭ってやる。

「どこまで見た」

それを確かめておくのは重要なことだった。

きまりが悪そうにすこし言い淀んでいたが、やがて、

「社長さんが……裸で縛られているところと、四つん這いで歩いているところ」

ボソッと、そう言った。つまりは、ほぼ全部ということらしい。

「へんなヤツだと思わなかったのか」

「思わなかった」

即答が返る。

「むしろ、いいなあと思った」

「本当か？」

腕の中で、すこしだけ体を離してよく見る。暗い灯りの下でも、安喜の顔に嫌悪感はなかった。

「じゃあ、縛ってやろうか」

「いいの？」

はずんだ声に、愛しさがこみあげる。

謙三は、おさげ髪の頃からずっと見てきた白い顔に手を添えると、「ああ」と言って、唇を重ねた。

初めは緊張して固くなっていた安喜は、角度を変えて口づけを深めるうちにとろけ、夢中になった。

柔らかく、甘い唇だった。

「誰かと接吻くらいはしたのか」

合間に訊くと、無言で首を振る。

「これが初めてか」と尋ねると、今度はコクリとうなずいた。

謙三は、薄い背中と尻に両手をまわすと、体を浮かすようにして、敷いてあった布団へ押し倒した。

接吻を続けながら、腰紐をほどき、浴衣の前を開ける。自分も脱ぎ捨てると、張りのある乳房を片手でつかんで口づけた。

「あぁっ！」

せつない悦びの声がほとばしった。

「兄さん！」

叫ぶ声は、泣いているようだ。

愛撫する謙三自身も、安喜を欲する気持ちが身のうちに大きく広がっていた。

抱いてみれば、子供のころの親しみはすっかり愛慾に置き換わってしまっている。

「安喜……」

名前を呼んで、なお乳房をむさぼり、脇腹から太腿までなでる。なめらかで、健康的な弾力のある肌だった。

長い髪を敷き込まぬように背を抱き、首筋に唇をすべらせる。

片手で探った茂みの奥の処女は、清らかな蜜をこぼして悦びを示していた。

指を一本挿れてみると、やはり狭い。

「はあっ、あっ、ああ」

初めての感覚に、取り乱した声が聞こえてくる。

「痛いか」と訊くと、「ううん」と首を振った。

指一本をゆるめるように動かしながら、二本目を挿入する。

「うう」と怯える声がして、男の肩をつかむ手に力が入った。

動かすうちに初花は柔らかさをまし、蜜はいっそうあふれ出た。

だが、どんなにほぐしても、破瓜の痛みを完全になくすことはむずかしい。

謙三は頃合いを見はからい、熱くたぎる男根を花口にあてがった。

「痛かったら言えよ」

言っておいて、ゆっくりと腰を進めていく。

「あっ、ああ！」

あえぎと悲鳴の混じった声がして、白い顔に朱がさした。

眉が寄って、唇が震える。

亀頭の太い部分を半分入れてしばらく待ち、すこし抜いて、また進んだ。

安喜は、浅く息をしながらじっとしている。恐れのうちに期待と喜びを隠し、自らをすっかり委ねて男の蹂躙を待っていた。

その従順な表情があまりにも愛らしく、慎重さはどこかへ吹き飛んでしまった。

一気に挿れて、処女の悲鳴を胸の下で響かせる。

「この女は俺のものだ」という思いが抑えがたく湧き上がり、組み敷いた体を深くうがった。

欲望を受け止める肢体はまだ絶頂を知らず、前後する動きにただただ翻弄される。

だが、表情は快楽に溶けて開き、暗い灯りの中でも輝いて見えた。

抱きしめて、耳元で「縛るぞ」とささやく。

射精はせずにいったん抜き取り、書斎から縄を持ってきた。

安喜は、天井の薄闇に目を向け、乱れたまま横たわっていた。

投げ出した手足がすんなりとして長く、白い微光をまとっている。

まずは半分意識のない体を起こし、真っ直ぐに座らせる。倒れないよう膝で支えてやりながら、胸に縄をまわすと、「あっ」と小さなあえぎがこぼれた。

二本取りの麻縄を、乳房を挟んで上下にかけ、中央をからげて後ろ手に縛る。

それから枕を芯にして掛け具を丸め、背中へ回した腕に体重がかからないよう寄りかからせた。

そうしておいてから片足の太腿に縄をひとまわりさせ、腕と胸の隙間の縄をすくってからげる。これを二回繰り返し、左右同じように縛ると、簡易なM字開脚の形ができあがった。

縄がくいこむたびにあえいでいた安喜は、ほとんど正気を失い、酔ったようになっている。

提灯で開いた足のあいだを照らすと、茂みは濡れて艶々と光り、花びらも大きく開いて粘液をまとっている。透明なしずくには薄く血が混じっていた。

「よく濡れている」

謙三の言葉に羞恥が戻ったのか、「いやっ」と叫んで顔を背ける。

右手の指二本で襞を開いて陰核まであらわにすると、「やめて」と泣きが入った。

「好きな男には、恥ずかしいところも全部見せるもんだ」

そう言ってやると、全身がそれとわかるほど赤くなった。

「縄は痛くないか」と訊くと、「大丈夫」と小さな声が返る。

長い髪が頬と胸にかかり、折檻を待つ娼婦のようだ。

ぬめる肉襞を指でつまんで左右に分ける。陰核の下に中指をひっかけて揺さぶってやると、大きな悲鳴があがった。

足を閉じようとしてか、膝から下がブラブラと揺れて、胸に渡した縄が軋む。

「じっとしてろ」と言っても、そのとおりにできないほど恥ずかしいらしい。

「仕方ないな」

謙三はそうつぶやき、膝を曲げさせてふくらはぎと腿をいっしょに縛った。それから改めて腕と胸の間の縄にからげる。

「恥ずかしいのを我慢できなかった罰だ」

つい責め口調で言って、膝頭が肩につくまで縄を引き絞った。

これで、ほとんど身動きできない、厳しいM字ができあがった。

安喜は「ハア、ハア」と荒い息をして、閉じたまぶたを震わせている。

「いいぞ、よく見える」

「ヒイッ」と鋭く息を吸い込む音がして、あとはすすり泣くような声に変わった。

提灯をすぐそばまで引き寄せ、肉襞の外側からゆっくりとなぞる。

「きれいだな」と言うと、まつげが瞬いて、涙の溜まった瞳が見上げてきた。

「俺以外には見せるなよ」

そう言って、硬く尖った肉芽をつまむ。

安喜は、甲高い悲鳴を放って倒れそうになった。

「おっ」

すかさず引き戻し、肩を抱く。それから、突き出た両方の乳房をつかんで限界まで引っ張り出した。

ツンと尖った釣鐘型が謙三の嗜虐心を誘う。上下の縄の幅を狭めて乳房をつぶすと、先端に歯を立てた。

「あああー！」

まさか、こんなことまでされるとは思っていなかったのだろう。襲ってきた痛みに細い悲鳴がせつなく響く。

もう片方も同じようにかじると、安喜は縄を軋ませ頭を振った。

肩にまわしていた手で髪を鷲づかみ、その頭の動きを封じる。白い顎が上がって、短い呼吸が苦しげに繰り返される。

その顔を見ながら、残った手で割ったばかりの花鉢の奥深く、指を挿し込んだ。

「熱いな。吸いついてくる」

言葉で恥ずかしがらせ、指戯で悦楽を引き出す。

初めての情交でこれは、すこし刺激が強すぎるかと思ったが、感じる顔があまりに可愛くてやめられなくなった。

涙をためた目元は赤く染まり、ときおり鼻を鳴らしながら、子供のような甘えた声で啼く。

「舌を出せ」と言うと、おずおずと出してきた。

その濃い薔薇色の塊を柔らかく噛んで、吸ってやると、体を揺らして引っ込めそうになった。

「もっと出せ」と命じて、さらに責めるべく唇を斜めに深く重ねる。

挿し込んだ舌で引っ込んだものを探り出し、強く吸う。上顎や歯列まで愛撫すると、安喜の抵抗はすっかりやんで、なすがままになった。

挿し込んだ指を二本にして、なぶるような口づけを続ける。唇の隙間から唾液がこぼれ、頬や顎が濡れてもかまわず貪る。

二箇所を同時に責めるうち、縛られた体が痙攣したように揺れた。それは一度では終わらず、二度、三度と繰り返される。

親指で包皮の上から陰核をこすってやると、腰が大きく突き出され、頭がのけぞった。

絡めた舌が外れ、極まった声が放たれる。

「あっ、あっ、あああー！」

M字に開かれていた膝頭が閉じようとして閉じられず、つないである腕の縄が柔肌にきつく食い込む。

女がイクときの力はすさまじい。息を止め、ただ一点に集中する。

謙三は、突っ張る体をしっかりと抱いて、絶頂を支えてやった。

悲鳴がやんで、こわばりがとけると、安喜はガクリと首をかたむけた。

縄をほどき、布団へそっと横たえる。顔にかかった髪をかきあげてやると、薄目が開いた。

「気持ちよかったか」と訊くと、ひとつうなずく。しゃべることもできないらしい。

髪を梳《す》くように撫でてやって、もういちど足のあいだに自分の体を割り込ませた。

そして、たった今絶頂を経験した美肉へ、再び怒張を突き立てた。

「ああ」とのけぞるが、声が出ない。息だけのあえぎで応え、腕をやっと上げて男の背に絡ませる。

奥を突かれてゆすり上げられ、しだいに体が目覚めてきたようだ。恥丘をぴったりと合わせ、いっそう深く男を呑み込もうとする。

力のなかった足が、謙三の腰に巻きつけられた。

一定の間隔で力強く打ち込み、振動を女体に与えつつ、また頂点への道を作ってやる。

内壁がうごめきはじめ、締めつけが徐々に強くなってきた。

男にとっては、えも言われぬ快感だが、イカせるために同じ調子を保ってできるだけこらえる。

安喜の唇から、熱い吐息がいそがしくこぼれはじめた。

「あ、あ、ダメ……来る！」

まわりが何も見えなくなるような感覚に襲われているのであろう。視線を宙に飛ばし、顔を紅潮させ、絡ませた手足に力を入れる。

体の奥深くから突き上げてくる法悦が、声に乗ってほとばしった。

悲鳴が長く続く。

硬直のほどけぎわ、謙三は射精直前だった己を抜き出し、縄痕の残る胸に放出した。

なんとも爽快だった。

斜めに傾いた安喜の顔は汗に濡れ、髪が唇にかかってしどけない。閉じたまつげもしっとりと濃く、化粧をするより何倍も美しい。体に残る縄痕も、所有の証を刻印したようで誇らしかった。

白濁した精液を紙で拭ってやり、並んで横たわる。となりの女体はピクリとも動かなかった。

すこしやりすぎたかと思ったが、これまで気づかなかった幼なじみに対する感情があふれ、手加減できなかった。

こんなにも愛しく、大切だったのかと、改めて思い知る。

ほどいた縄の始末もしないまま、丸めてあった賭け具を広げて二人の体にかけた。

しばらく休もうと思って目を閉じたが、思いのほか疲れていたらしい。気がつくと朝になっていた。

だが、となりで寝ていたはずの安喜がいない。

一気に体が目覚め、飛び起きた。見れば枕元に書き置きがある。手帳を破りとったものに、万年筆で書いた几帳面な字が並んでいた。

＊＊＊

謙兄さんへ

私の想いを叶えてくれてありがとう。今、とても幸せです。

これ以上邪魔になりたくないし、迷惑もかけたくないので帰ります。社会主義者が狙われているといっても、女はほとんど対象にならないのでご心配なく。

永峰社長とお幸せに。

安喜

＊＊＊

謙三は髭も剃らずに服を着て、表へ飛び出した。

九月十六日、無政府主義者の大杉栄と内縁の妻・伊藤野枝が、憲兵に殴る蹴るの暴行を受けたあと、首を締められて虐殺された。

大震災の戒厳令下で、無政府主義者たちが政府転覆を企むことを懸念した憲兵隊が、代表的人物であった二人を誅滅する決定をくだしたことによるものだった。

このとき、大杉の甥である六歳の橘宗一《たちばなそういち》もいっしょに殺されて、三人とも井戸へ投げ込まれたことから、看過できない事件となって明るみに出た。

二十日には新聞の号外で報道され、それを期に安喜は活動から距離を置くようになった。

九月五日の朝、謙三が寝ているあいだに出ていってしまった彼女は、結局、代々木の下宿へ戻っていた。追いかけていって捕まえ、「一人では危ないから俺の家にいろ」と説得し、連れ帰ったのだ。

永徳通運の女社長をしきりに気にするので、央子の人柄を話して聞かせた。

「それじゃあ社長さんは、謙兄さんが結婚するのも許してくれるの？」

「ああ」

はっきりとうなずいてやる。

「結婚してからも、社長さんとの仲は続くの」

「それはないさ」

「どうして」

「社長は誰よりも女性たちの幸せを願っている。俺に結婚が決まれば、関係はそこまでだ」

「ふうん」

納得したのかどうか、返事も表情も曖昧だ。

「社長に会ってみるか」

「ええっ、そんなことしていいの？」

「おまえのことは、いずれ紹介しなければならんしな」

そう口に出したときには、安喜を嫁にもらうと決めていた。そして、その晩に髭を剃り落とした。

九日の日曜日、さっそく青山へ連れていくと、央子は歓待してくれた。

ありあわせで申し訳ないと言いながら、煮あずきに練乳をかけたものと、冷たい玉露を出してくれる。それが驚くほど美味しく、心と体の乾きに二人とも気づいた。

まだまだ大変な状況は続くが、六日には品川―横浜間の列車が動きはじめた。焼け野原の片づけも、軍や警察が不眠不休で進めてくれている。

安心して暮らせる日は、案外早く来るのではないかという希望が、確かに見えた一日だった。

実際に会ってみて心から納得した安喜は、すっかり央子のことを好きになったようだった。

その夜、たっぷり愛し合ったあとで裸の腕の中へすっぽりと包み込み、「結婚しよう」と告げた。

すぐにも承知の返事がくるものと思っていたが、しばらく沈黙が続いた。

「ん？」

顔をのぞき込むと、何か考えている。

「どうした、嫌か」

「ううん、嫌じゃない。すごくうれしい」

「じゃあ、なんだ」

「結婚って、どうしてもしなくちゃいけないものなのかなと思って」

婦人解放運動を熱心にやってきたからこその疑問だろう。

「そりゃ、どうしてもってわけじゃないけど、いろいろと都合がいいだろう。日本の法律はだいたい家族単位で考えて作ってあるから」

安喜が尊敬する平塚らいてうは事実婚を選んだが、もう一人の敬愛する師・川本芳枝は夫の平と尊敬し合い、互いにいたわり合って、一人息子を大切に育てていた。

「自分でもよくわからないの。でも、謙兄さんとはずっといっしょにいたい」

そう言って、筋肉質の固く引き締まった胸に鼻をつけて甘えてくる。

謙三は、細い腕に残る縄痕の凸凹をなでてやりながら、額に口づけした。

「一回結婚してみて、やっぱり嫌だと思ったら解消すればいいじゃないか。やってみないとわからないだろ？」

その方が親兄弟も安心すると、喉まで出かかったが呑み込んだ。婚姻は誰かのためにするものではない。自分が納得できないことはしなくていいのだ。

「そうね。わかった、そうする」

いったん決めると、安喜はさっぱりしたものだった。

その年のうちに水戸まで行って結納をすませ、翌大正十三年の五月。親兄弟と主だった親戚が参列し、両角家で式を挙げた。

志雲は、もちろん大喜びだった。

央子からは、祝い金が届いた。そこに添えられた手紙には、驚いたことに、新社屋が完成したら自分も結婚すると書いてあった。

安喜と人生を共にすると決めてから、浅草でやっていた緊縛会を央子に紹介したのだ。

以前から会の存在については話していたものの、よく知らない人間も顔を出したりする自由な集まりだったため、誘ったことはなかった。

しかし、震災で会員の八割を失い、今は実業家・樋丘丈太郎が、被害のすくなかった麻布の自邸で月にいちど開催していた。しかも、彼が選定した地位のある会員ばかりの極秘の会なのだ。

これなら信用できると思い、央子に話すと、興味を持ってくれた。樋丘に訊いてみると、永徳の社長なら喜んでお迎えするという。

安喜の承諾を得たうえで、初回の参加に付き添っていくと、かなり気に入ったようだった。

樋丘のほか、来ていたのは帝大教授で侯爵の鷺沢《さぎさわ》孝泰《たかやす》、日本橋にある呉服問屋の若旦那・笹部栄之助《ささべえいのすけ》、判事の新見康夫《にいみやすお》、そして興行師の辻原伝兵衛である。伝兵衛は、矢川夫妻や可知とともに、奇跡的に助かっていた。

当日、話だけして、どんな会かを知ってもらうだけでもいいと思っていたのが、あれよあれよという間に央子は裸にされ、四つん這いで歩かされていた。

地位があって紳士だとしても、欲望まで行儀がいいとは限らない。しかし、彼らが安心して裏側をさらけ出せる場は少ないし、自分に見合った相手と出会える確率はもっと低い。

そうしたあらゆる意味において、永峰央子は最適な女性だった。彼女自身も「ここなら大丈夫」だと、すぐさま悟ったのだろう。

「いや、やめて！　ひどいわ」と抵抗しながらも、全裸にむかれたときには愛液をあふれさせていた。

両脇から二人の男に手足を押さえられ、大股開きで恥ずかしい場所を晒した女社長は見ものだった。

触られてもいないのに、あとからあとから淫液が流れ出て、菊花まで濡らしている。男たちにからかわれ、外陰唇や下腹部、内腿を、複数の手でなでられると、女陰全体がヒクヒクとうごめきはじめた。

だが、肝心なところは触ってもらえず、周辺部ばかりだ。

豊かな乳房のあいだには汗が伝い、茂みにも濡れが広がって、頬が染まっていく。

誰かの指が、陰核や乳首をかすめただけで、大袈裟なほどの声が出る。

ガッチリ四方から押さえられているため、自分でどうこうすることはけっしてできない。

誇り高い永徳通運の社長は、焦らしに焦らされ、とうとう自分から「挿れてください」と、言わされるはめになった。

しかし、与えられたのは生身の男根ではなく、水晶の張形だった。

それを奥までしっかり挿し込み、くじるように回すのである。そうすると、子宮口が丸い先端で刺激され、人によっては凄まじい快感が訪れる。

央子に、それを試したことはなかった。

最初は額に冷や汗を浮かべていたが、しだいに下腹をうねらせ、ついには大ぶりの双丘を震わせてイッてしまった。

それも、絶頂時に男四人がかりで押さえ込み、口も塞がれての屈辱的なイキ方で。

さらには、起き上がるのもやっとな体を無理やり引き上げられ、乗馬むちで尻をたたかれながら部屋を一周し、男たちの陽物を順番に咥えさせられたのである。

かなり潔癖なところがあるからどうなるかと心配したが、謙三も入れて六人全員の物を、喉を突かれながらもしゃぶった。

そして最後は、腰を突き出した格好で身動きできないように縛られ、肛花を、これまた全員に犯されて、尻イキしてしまったのである。

直腸からあふれ出る精液と淫液が混ざり合って太腿をつたい、汗と涙でベトベトになった豊満な肉体は、会員たちから絶賛された。

それ以来、複数の男たちからなぶりものにされる快感に目覚め、時間があるときにはたまに顔を出していたようだ。

樋丘からも、「央子さんは素晴らしい。みんな心待ちにしている」と聞いていたが、まさか結婚にまで発展するとは。

相手は、鷺沢教授だった。カイザー髭のよく似合う、身嗜みのいい紳士だ。

政府から意見を求められるような高名な経済学者で、年齢は五十二歳だから央子より二つ年上だ。

若いときに奥方を亡くしていて子供もなく、ずっと独り身を通していた。

教授はたしか、絶対服従のもとでの恥辱責めを好んだはずだ。そちらの相性もいいのだろう。いや、むしろそれがよかったから結婚ということになったのかもしれない。

二人の知名度が高かったことから、婚約は新聞で発表され、世間で大きな話題となった。

永徳通運の本社ビルは、震度七でもビクともしなかった東京駅を手本に、前と同じ場所へ建てている最中だ。来春には完成するだろう。永商もそこへ入る予定だった。


謙三夫婦は、四谷の借家をそのまま借りて住んでいた。

安喜は小説家になった。「この不平等な社会に生きる女たちを描きたいの」というのが動機だ。文芸誌に掲載された短編が好評で、このごろは原稿依頼も増えてきている。

ただ、子供は産みたくないと言った。

「ずっと、ああいうことをしたいの。母親になったら、できないような気がするから」

「ああいうこと」とは、縛られたり、恥ずかしいことをさせられたり、ちょっとした苦痛を与えられたりすることだ。

処女を奪って以来、謙三はすこしずつ責めをふやし、一年たった今ではかなりのことができるようになっていた。

なにしろ新婚四カ月である。

家にいるときは、朝晩かまわず着物の裾をまくり上げ、指でくじったり、股を開かせたままじっと見つめ、しだいに濡れてくる様を観賞したりする。

陰毛は、連れ戻した夜に剃り落としてあった。

風呂場で謙三が剃刀を当てると、安喜は感じすぎて立てなくなり、以来ずっと剃ってやっている。

出勤前に一寸弱（二・七センチ）のガラス玉を膣へ二個入れさせ、夜まで絶対触るなと厳命して出かけることもある。一日終わって帰宅すると、まともに歩けないほど感じて欲情した妻が出迎えてくれるのだ。

肛門も性器であることを教えたときは痛がって大変だった。処女の喪失より衝撃が大きかったかもしれない。

その後、木島仙二郎に頼んで、太さのちがう栓を三種類作ってもらった。

いつでも後穴が使えるよう、馴らしておくように言って渡すと、安喜は「ああ」とあえいで、その場にしゃがみ込んでしまった。

今では毎日のように三種類使い、訓練している。

後穴での悦びは前穴とはちがうようで、いっそう惨めになっていいらしい。時には自分で双丘を開いて菊門を差し出し、ねだってくる。

そんなときは前にいっさい触れず、後穴だけを責める。

腸内に精を放ち、栓をして、半日溜めさせておくこともあり、使いでのある可愛い穴だった。

責めを喜ぶ女たちは「奴隷」と呼ばれ、責め手として認めた者を「主《あるじ》」と呼ぶことを教えると、安喜は自分のことを「奴隷妻」と言うようになった。

婦人運動の立場からすれば、許しがたい呼称だろうが、それとこれとは話が別なのだそうだ。

「外でそんな扱いを受けたら絶対抗議するけど、大好きな人の奴隷だと思うと、とても幸せな気持ちになるの。支配されているというより、強く抱きしめられて、守られている感じね」

性的な行為の中で行われる加虐は極端な愛撫だ。謙三はそう思っている。

それを喜んでくれる相手に対してだけ許されるものであり、生涯の伴侶とそれができるのは、めったにない幸福だった。

子供を持つかどうかはひとまず保留し、しばらくは「奴隷と主」の関係を楽しむことにした。

今夜も安喜を後ろ手にし、足はあぐらに縛って縄尻を鴨居に結んであった。足裏をぴったり合わせる変則のあぐらで、これだと正面から陰花の全容が見える。

ツルツルの股間には、肉厚な花弁を持つ蘭の花が、蜜を絡めて咲き誇っていた。

長い髪も束ねて縛って上に引っ張り上げ、口には竹製のハミを噛ませてある。

言葉を奪われることは特別らしく、どんなに拒みたくても「いや」と言えないつらさが、心と体にジンと来るのだそうだ。

尻は座布団についているが、かなり上へ引っ張り上げているため、体全体への締めつけが強くなっているはずだ。

そして、後穴には長さ二寸五分（約八センチ）、太さ一寸（約三センチ）の栓がしてあった。

上下を縄で挟まれた両乳房をつかんで、軽く揺さぶってやると、うめく声に甘えた鼻音が混じった。

釣鐘型の乳房は適度な硬さがあり、感度もいい。全体をギュッとつかんでやるのもいいが、先端の肉蕾は安喜の泣き所だった。

初めて責めたときの感触がよかったので、背中から抱いて体の前で足を組み、逃げられないようにしてから、じっくりといじめたことがあった。

つまんだり、つぶしたり、こすったり、はじいたりして、あらゆる刺激を先端だけに与える。

五分も続けると、すすり泣きだったのが泣き叫ぶようになり、腕の中でもがいて逃れ出ようとした。

「ダメだ、我慢しろ」と命ずると、「それじゃあ手拭いを嚙ませて」と言う。

取ってきてくわえさせてやると、謙三の膝頭をつかんで手拭いを嚙みしめ、必死に耐えはじめた。

髪はほつれ、顔は赤くなって汗を浮かべ、足指は開いて突っ張っている。

手拭いの奥からはうめき声がもれつづけていたが、太腿のあいだは油でも流したかと思うほど濡れていた。

あまりのけなげさに嗜虐心が昂り、さらに十分以上もなぶった。安喜はヘトヘトになり、乳首の腫れは二、三日引かなかったのである。

だが、それがうれしかったらしい。何日も続く痛みや傷を欲しがるようになり、緊縛も厳しいものに耐えられるようになった。

「痛いところや責め痕にあなたの手触りを感じて、とても幸せな気分になる。縛りは厳しいほど、ギュッと抱きしめられているようでうれしいの」

そう言われると、ますます責めてやりたくなるが、求められるままにやっていては安喜の体が持たない。壊れないギリギリのところで止めるのが、「主」と呼ばれる者の役目なのだ。

今夜の縄も、かなりガッチリ縛ってあった。

背中で両手首をXの字に交差させるやり方は、二の腕に相当の負担がかかる。しかし、それだけ胸が突き出され、いかにも責めを欲しがる奴隷の格好になるのだ。

中指と人差し指で挟んだ乳首を親指でつぶし、揉んでいると、乳腺から出る粘液ですべるようになる。

硬くなっていたのがいったん柔らかくなり、熱を持ち始めてからが責めどきだ。爪で何度か弾くと、啼き声が高くなった。

「うれしいか」と訊いても、「奴隷」は頭も動かせず、言葉も封じられている。ただ潤んだ瞳で「主」を見上げ、ハミの横からよだれを垂らしながら「うう」と、うめくばかりだ。

尻の下に敷いてやった手拭いは、華液を吸ってシミの輪を広げている。蜜を流しつづける花口の下には、尻に挿れた栓の基部が見えていた。

ひとつひとつの責めが大したものではなくても、合わせ技にして使うと、体のあちらにもこちらにも負担がかかって相当苦しくなる。

謙三は、浴衣一枚引っかけただけで「奴隷」の前に座った。さて、ここからどう責めようかと、愛しい頬をなでながら考える。

前が開いて、男ざかりの盛り上がった胸筋と割れた腹筋が見えていた。袖から出た腕もたくましいが、股間で隆として天を向く逸物も、体に負けぬ迫力がある。

酒でも飲みながら、このまましばらく眺めるのもいいが、もうひとつふたつ責めを加えてもいい。

何をされても、安喜は悦ぶだろう。

締め切った雨戸の向こうから、すだく虫の声が聞こえてきた。

◉新人作品**大募集**◉

マドンナメイト編集部では、意欲あふれる新人作品を常時募集しております。採用された作品は、本人通知のうえ当文庫より出版されることになります。

【応募要項】未発表作品に限る。四〇〇字詰原稿用紙換算で三〇〇枚以上四〇〇枚以内。必ず梗概をお書き添えのうえ、名前・住所・電話番号を明記してお送り下さい。なお、採否にかかわらず原稿は返却いたしません。また、電話でのお問い合せはご遠慮下さい。

【送付先】〒一〇一-八四〇五 東京都千代田区神田三崎町二-一八-一一 マドンナ社編集部 新人作品募集係

上流淑女《じょうりゅうしゅくじょ》 淫虐《いんぎゃく》のマゾ堕《お》ち調教《ちょうきょう》

二〇二一年十月十日 初版発行

著者◉佐伯香也子【さえき・かやこ】

発行◉マドンナ社
発売◉二見書房 東京都千代田区神田三崎町二-一八-一一
電話 〇三-三五一五-二三一一(代表)
郵便振替 〇〇一七〇-四-二六三九

印刷◉株式会社堀内印刷所 製本◉株式会社村上製本所 落丁・乱丁本はお取替えいたします。定価は、カバーに表示してあります。

ISBN978-4-576-21142-8◉Printed in Japan◉©K.Saeki 2021